阳光文库

月光下的兔子

冶进海 ——— 著

黄河出版传媒集团
阳光出版社

图书在版编目（CIP）数据

月光下的兔子 / 冶进海著. -- 银川：阳光出版社，
2024.7
ISBN 978-7-5525-7221-6

Ⅰ.①月… Ⅱ.①冶… Ⅲ.①中篇小说 - 小说集 - 中
国 - 当代②短篇小说 - 小说集 - 中国 - 当代 Ⅳ.
①I247.7

中国国家版本馆CIP数据核字(2024)第025801号

月光下的兔子

冶进海　著

责任编辑　郑晨阳　谢　瑞
封面设计　晨　皓
责任印制　岳建宁

黄河出版传媒集团
阳光出版社　出版发行

出 版 人　薛文斌
地　　址　宁夏银川市北京东路139号出版大厦（750001）
网　　址　http://www.ygchbs.com
网上书店　http://shop129132959.taobao.com
电子信箱　yangguangchubanshe@163.com
邮购电话　0951-5047283
经　　销　全国新华书店
印刷装订　宁夏凤鸣彩印广告有限公司
印刷委托书号　（宁）0028832

开　　本　710 mm×1000 mm　1/16
印　　张　16
字　　数　156千字
版　　次　2024年7月第1版
印　　次　2024年7月第1次印刷
书　　号　ISBN 978-7-5525-7221-6
定　　价　58.00元

目 录

北京亲戚

一

那是个美好的年代，选择的机会遍地都是。2000年春天，校园里的樱花格外浓密，一大团一大团的，簇拥成了花的海洋。时任我女友的杨雪燕，站在花丛中，巧笑倩兮，美目盼兮，摆出各种造型让我给她拍照。路过的毛亮看到了，苦涩地一笑，说你俩玩得真开心！我知道她又要出去做家教了。她打了三份工，家教、售货、发传单，一天忙个不停，估计没时间谈恋爱。我冲她摆摆手，歉意地一笑。杨雪燕看我回望不已，像吃了一颗酸杏子似的龇牙咧嘴地对我说，魂被勾走了？我说瞎说什么啊，难兄难妹，我俩都是贫困生，一起打过工。

大一刚开学，毛亮和我同时给一初三小孩做家教，她教英语我教语文。毛亮那时对我有点意思，老拉我上街，用补课挣来的钱，给远方的父母买点衣服寄回去，还约我爬山，跟我讨论如何学习、如何争取有一个好未来等。我考虑得没那么长远，觉得她说的话，跟老师的教导一样，非常正确，但有些乏味，如一块橡皮擦。后来在篮球场上邂逅没心没肺乱跑着断球的杨雪燕时，我一下子被迷得神魂颠倒，不惜深更半夜跑到她宿舍楼前写情诗，然后叠成纸飞机，扔进她二楼的窗户里。再后来，我和杨雪燕恋爱了，毛亮见到我，话里话外透露出我是奔着杨雪燕家的条件去的。杨雪燕父亲是个副县长，母亲在银行工作，因此她出手比较大方，第一次给我送的生日礼物，是一件高档毛衫，室友们一派羡慕。

很奇怪，也就是那时候，杨雪燕提到了她表姐夫。杨雪燕说，刚才走过的女生，看我的时候，眼神像一杆秤，仿佛能秤出我几斤几两似的。我说你胡说些什么啊，她心肠可好了。杨雪燕眼睛一瞪，她心肠好，你找她去，找我干吗！我摇摇头表示不可理喻。杨雪燕说，算了，不说她了，我表姐要结婚了，我过段时间要去北京参加婚礼！我说你表姐不是在银川吗？怎么跑北京参加婚礼？杨雪燕兴奋地说，我表姐夫赵志华是北京人。我"啊"了一声地问怎么去？她说坐飞机啊。

来自贵州黔南的毛亮说过，她父亲毕生最大的愿望是坐一回飞机。我心想，我父亲毕生的愿望是天天能吃上肉，坐飞机对他来说是天方夜谭。可当年杨雪燕说起坐飞机，跟骑自行车差不多，可见没少坐过。我心里下意识一惊。我从西北农村考到武汉念书，是坐了四十多个小时的绿皮火车去的。虽然武汉是大城市，但相比北上广，许多人说像农村集贸市场，从武汉到北京，我感觉又要见一下世面。

我说北京人真好。她说有啥好的，气候跟银川差不多。我说那是首都啊。我嘴唇有点发干，额上汗涔涔的。杨雪燕表姐找了个北京老公，而她找了个农村男朋友，婚礼上一比较，这差距，和尚头上的虱子，明摆着，天上地下嘛。

我咽了口唾沫说，你去了眼睛多瞅着点儿。

干吗？

看看有没有年轻的伴郎，北京的，单身的。

要干吗？

考虑换个北京男友。

傻瓜，心眼儿别那么小。

农村来的，眼界就那么大。

好男儿志在四方，说不定你以后留美定居呢。杨雪燕顿了顿又说，表姐夫发话了，让你也来，机票全部报销！

我赶紧摇头，我去算啥啊，我连你父母都没见过。

你去不去？杨雪燕揪着我耳朵说，那是我亲表姐，从小到大，我俩一起吃一起睡一起玩，她要结婚了，我能不去吗？我去了，不带个男朋友，你还真想让我找个北京的啊？

话说到这个份儿，我不得不去。

现在回想起这场在北京饭店举办的婚礼，给我留下的印象，感觉只有在电影中才有，除了唯美、震撼，还有不少艳羡和压力。

新郎新娘在聚光灯下确实如金童玉女。杨雪燕是伴娘，她和一个高挑帅气的伴郎不时对望一眼，点头微笑，颇有默契。我跟一帮不认识的亲戚坐在席上，杨雪燕母亲叫我吃我就吃，叫我喝我就喝，像个木偶一样。同桌的亲戚有不少京片子，感觉得出来，他们懒得理我，但面子上又觉得需要寒暄几句，我也是口干舌燥地应对着。

表姐夫赵志华，婚礼前见过一面，不像我想象中的玉树临风，倒像古代中药铺的掌柜样，白白胖胖，但精气神很足，给我撂下一句北京我可门儿清，要想逛哪儿，你随时知乎一声，姐夫带你去。然后匆匆离开，忙去了。在婚礼上，他一口北京话，跟表姐的父母表态，更是笑翻了全场："爸，妈，您二老把女儿交给我，尽管放一百个心，跟我吃香的喝辣的，有她好日子……"婚礼结束不久，他和表姐飞巴厘岛了。

从杨雪燕口里，我也了解了表姐和表姐夫之间的爱情故事。

据说有一天，表姐打车回到校门口，一摸口袋，发现钱包丢了。那时候没有数字移动支付，面对司机怀疑的表情，表姐难堪至极，四下张望，急速搜索认识的同学。正好有一男同学来到出租车旁边，她拉住问，同学你有钱吗？那男生有点疑惑地看了她一眼，似乎明白了什么，摸了摸裤兜，掏出一张一百元的大钞来，迟迟疑疑、期期艾艾地，思索怎么处理。表姐一把夺过来塞给了出租车司机。打表一百一十三块，就收你一百得了。司机不高兴地开车离开。表姐转头对这个男生说，你跟我到宿舍，我把钱还给你。

那男生说，改天吧，我还有事。表姐记下了该男生的宿舍号和宿舍里的电话号码，说保证还钱。男生摆摆手说再见。

表姐第二天去找这位男生，他舍友说在是球场上。表姐就到足球场上去找，很快发现了一身红球衣的表姐夫，水平不错，腾挪摇移，带球过人，有模有样。比赛结束，表姐夫招呼队友，哥儿们，走，今天我请客，涮肉，糟了，钱包没带，谁有钱，先借哥儿几个？

来踢球的男生，大多一身球衣，带钱包的没几个，有的身上装了几张零钱，也不够涮肉，表姐夫就来到表姐这边，大声问，姐儿们，有钱没？

表姐就从钱包里掏出一沓钱，没有数，直接递给了他。

表姐夫像喝水被呛着了一样，怔了怔，认出是表姐，欣然一笑说，够意思，来还钱啊，利息也不用这么多啊。走，也请你，把酒言欢！

这一请，在众人的哄闹中，两人欣欣然走到了一起。

二

后来我大学毕业，留在武汉工作。杨雪燕硕士研究生毕业后，我俩几番选择，回到了她的家乡银川。银川四季分明，景色宜人，是座去了就想定居的城市。到了银川我才发现，在北京工作的表姐夫赵志华，为了跟表姐在一起，也调到银川来了，任当地分公司的区域经理，手下管着好几十人。我俩一进他办公室，他立即从宽大的老板椅中跳了起来：

"昨儿我在思谋，你俩来了，我怎么招待呢？晚上怎么着也得热闹一下吧？我们过去接上你表姐，姐夫带你们去大马金刀胡吃海塞去。"

他语气热烈，可神色平静，淡淡的，感觉并没有那么多的重逢之喜。他转头给女秘书布置工作，挥动手臂一砍一砍，手腕上的表一晃一晃，似乎要表达出某种决心。记得给鱼喂食，记得把刘总那边的货款付了，记得明天会议的事情……他布置了一堆，就带着我们出来开车。我发现他换了新车，外观貌似粗鲁却充满刚硬和个性，内饰精致，处处彰显细节与尊贵。车是好车，在车流中，像一条鲨鱼样瞬间加速冲刺，又像狮子样戛然停立傲然雄视。我不得不赞叹。他拍拍方向盘说，怯勺了吧！车嘛，跟衣服一样，面子问题，老爷们儿要是没面儿，跟拔了毛的老公鸡一样，咋看都不像样儿。哥们儿，你这还得学着点！

我点头，说以后多指教，多指教。

表姐夫瞅了瞅我，欲言又止，踩了一脚油门，目视前方，神色冷峻。

我们接上表姐，七拐八弯，绕到一条不起眼的小巷子口。他停了车，带我们走进一家门面已经有些破损的烧烤店。店内人已坐满，闹哄哄的；外面支了不少桌凳，也坐得满满当当的。表姐夫让服务员叫一下老板。老板看到他，满面堆笑，微微鞠了一躬说，赵总，好些日子不见您来了！立即喊人搬出一张折叠桌，放在路边的那棵大槐树下，擦拭干净。我说这儿这么挤，要不换一家？表姐夫扫了一眼眼前烟火说，合着我跑这么多路，带您来这儿逗闷子呐？我有些赧颜。他像没看到一样，把一包烟往桌子上一扔，自顾来到店门口挂起来的剥洗干净的整羊前端详了片刻，选了一块里脊肉、一块后腿肉、几条羊排。一称，有三斤。我说多了多了，表姐夫摆摆手没说话。

一盘苦苦菜、一盘沙葱、一盘浆水搅团端上桌，加上一份老醋花生米，一份毛豆拌黄瓜，非常地道。表姐夫看着一盘盘端上来，然后冲我说，来点西夏？新鲜！我没明白过来，表姐解释说，你姐夫问你喝不喝点西夏啤酒呢，当地的新鲜。我点点头。表姐夫让服务员送上两大杯两斤装的生啤，一杯推到我面前，一杯端起来。来，给二位接风！杨雪燕和表姐要的是果汁。表姐夫跟我们碰了碰杯，就咕咚咕咚喝了一大半，叹了句，过瘾！斜阳正在，四下一派金黄，凉风习习，人声鼎沸，我奇怪表姐夫变得如此豪放。这时，小拇指粗的沙柳枝串起来的羊排送上来了，盛在一个不锈钢大盘子里，油光闪闪，香气四溢。表姐夫像看见情人一样满目放光，"趁热吃，甭见外！"他拿起一串，狠狠闻了一鼻子，大嚼几口，再仰脖，咕咚咕咚，跟犀牛一样，把剩下的半杯啤酒给喝光了。

我佩服之极。那羊肉烤串之香，如一场惊心动魄的初恋，平生没有尝过的。大家吃得满嘴流油，表姐夫满意地点点头，咋样？哥儿们没哄人吧？自打我头次吃了，恨不得见天儿来！

大家连着点头。

表姐夫有些自得地说，你去看看，这师傅只撒一把盐，就能烤出这种味道。关键是羊肉。货好，比什么都重要！

吃完烤串，表姐夫说去下一场。一路上我赞叹羊肉串之好吃。表姐夫说，来银川了，跟着我混。虽然我是北京人，但银川，我已经门儿清了。

在表姐夫的带领下，我们来到一国际连锁的五星级宾馆顶楼，这里有一家显得古朴沉稳的黑啤坊。一进门，台上一帮老外在演出，主唱一头金发，身材窈窕，唱的却是邓丽君的歌曲，台下各国友人都有，有站有坐，满面惬意。左右两侧大玻璃门敞开着，外面的露台上绿植丰茂，花团锦簇，来客有打桌球的，玩扑克的，读书的，拉着手谈情说爱的，也有认真听音乐的。表姐夫找了他经常喜欢坐着的位置，对服务生说来四杯黑啤，两杯大号，两杯小号。服务生说，请问还要点什么？表姐夫说，你让他们点。我看了一下菜单上的价格，自觉地不出声了，杨雪燕点了杯草莓冰激凌，表姐点了盘水果。我喝了一大口黑啤，很醇，也很冲。

酒酣耳热，表姐夫仰头观望远处黛色的贺兰山，嘴里慢慢往外吞吐一个接一个的烟圈，右手拍了拍我手背说，妹夫啊，哥儿们就待见你，来银川了，跟着我混。明晚我带你去个好地方，看俄罗斯的模特走秀去。

三

　　赵志华的父亲，我们称之为赵伯伯的这位亲戚，第一次来银川。

　　杨雪燕这边有点头面的亲戚们非常激动，订好豪华酒店，排队请客吃饭。表姐家是做生意的，讲究场面，接风洗尘的第一顿饭，安排在市中心最高档的餐厅，包了三间相通的大包间，把走动较勤的四十多位亲戚约到一起，喝特供茅台吃空运海鲜，每人后面站一位服务员。我和杨雪燕也在受邀之列。赵伯伯话不多，有敬酒者，来者不拒，聊天中，很多问题一语道破，却并不多做解释，精明中透着点旷达，给人感觉是一位智者。席间，赵伯伯走过来，拍了拍我肩膀说，赵志华最喜欢的，还是你们夫妻俩，因为你俩学历高，读的书多，是文化人，也朴实。

　　赵伯伯说得非常诚恳，热血一下子涌到我脸上，我红着脸不知道怎么回答，有点张口结舌了。赵伯伯微笑地盯着我，轻轻碰了碰杯。我一口把杯子里的啤酒喝干，倒转过去给他看了看，以示用行动来说话。他面容清癯，一脸和气，在一件看不出牌子的白色 T 恤衬托下显得年轻许多。他能这样高看我们，确实很难得，让我倍感振奋。不像表姐夫的母亲，也就是杨雪燕姨妈，私企老板娘，一张口就问我当记者一个月能挣多少钱。听了我回答后，撇撇嘴说，还不如他家一个大车司机挣得多。表姐家里，除了表姐是专科外，其他人没读过大学。表兄初中肄业，表弟高中没毕业，就到社会上混了。姨妈大字不识，姨夫小学毕业就到矿下背石头去了。看得出赵伯伯对表姐家的知识背景多少有些想法的。赵伯伯敬了一圈酒，对着大家说："赵志华在这里人生地不熟，还需要各位亲友多多照应。我们家赵志华呢，有时说话没个把门儿的，没正行儿，还望大家多多包涵！"

表姐夫转头对我低声说，哥儿们在这儿，呼风唤雨，吃啥啥香，您说这老人，还是不放心！

八月份，银川的天气极好，天空蔚蓝，凉风习习，到处绿意盎然，花团锦簇，人们乐乐呵呵地奔忙着。赵伯伯夫妇在银川住了一周左右，吃胖了一圈，说再不敢这么吃喝下去了，血糖升高了，就要回去。机场里，亲友们提着大包小盒，赶来送行。赵伯伯看着机场大厅里堆得跟小山似的特产，有包装精美的枸杞、发菜、灵武长枣什么的，也有真空包装的羊肉、各种加工好的肉制品，还有青铜峡叶盛的大米。赵伯伯笑着说，你们这是干吗啊，我老两口，多大的胃，回去哪能消化掉这么多。杨雪燕父亲说，多是多了点，到了北京，让人来拉，送给北京的亲戚们尝尝。我特意把我和杨雪燕拍摄后精心编辑、打印、制作的影集送给赵伯伯，说这是我和飞燕二人专门拍摄的宁夏的风光片，希望你喜欢。赵伯伯拿在手里掂了掂，说不愧是文化人，这么重，一看就有知识含量。

令我遗憾的是，赵伯伯夫妇在托运行李过程中，并没有把影集当回事。工作人员打包时，发现有这么一个影集时，问这个还需要打包吗？赵伯伯说不用，等下我们背到包里，随身带上，也不占地方，起飞了还可以翻翻。后来，赵伯伯进了安检，我发现椅子上落下了这本影集。我说打电话让赵伯伯到安检口，我们送给他，或者寄过去。杨雪燕一脸冷静地说，算了，既然留下了，我们就留下吧。我感觉她脸上寒了一层冰，像是刚从风雪天回来，要是能刮，能刮下一盆来。

接踵而来的表姐夫的姑姑全家、大哥全家、舅妈全家、高中同学全家、表弟全家、表妹全家等，一拨接一拨。一开始，银川这边的亲友们，为了给足表姐夫面子，往往全体出动，陪吃陪喝，安排专车接送。送到景区逛够，有时候还带着去购物。后来发现北京来的亲戚们络绎不绝，大家有些吃不消，开始以各种理由不参加接待活动。表姐父亲，也就是姨夫发话了，除了长辈，其余的就赵志华自己出面接待，亲戚们不出面了。

那时候表姐家的生意兴隆，参与建设的楼盘在城市的东西南北拔节而起。那也就二〇〇七年前后吧，北京的房价火箭般蹿升。表姐夫家在北京有两套房，一套住着，一套租着。他整天了解楼市新闻，看着北京房价上涨，直怨没早点下手，多买七八套。那时候表姐夫收入已经破万了，是我的四倍。我一个月还不到三千。有一天，表姐拿表姐夫赵志华的银行卡取钱，给我和杨雪燕看了一下流水，我才慌了神。这差距也太大了。我当时要房没房，要车没车。北京的房价似乎带动了全国，银川的房价也突突突地拖拉机般跑起来。有次我们四人小聚，表姐夫说，你抓紧买，再不买，过几年就买不起了。我说我这两年给老家垫了不少，自己手头没存款。表姐夫沉吟了一下说，我跟你表姐还有点存款，你和杨雪燕先拿去，做首付。我满怀感激，表姐夫微微一笑说，最羡慕当年那些在北京摆地摊的小贩们了，好多小贩稍微有点钱，就租门面做生意，后来发现租门面不如买门面，积攒点钱就买门面房，一套不够两套三套，买下来四处开批发店零售店连锁，现在都暴发了，比普通上市公司的老总都牛。

我说："姐夫，你就别羡慕了，你目前开大奔，住别墅，全世界各地想走就走，人生如此，夫复何求。"

"嘻，不是一回事呀，咱们在银川咋呼咋呼可以，到了北京边儿都挨不上。"

我只好缄口。银川虽不大，但湖泊多，移民多，各色菜肴俱全，吃喝玩乐去处不少。表姐夫是大公司的区域经理，有一口幽默风趣的京片子，再加上表姐家的人脉，呼朋唤友，广开财源，如鱼得水，公司产品四下铺开，占了当地市场的百分之七八十。表姐夫也不吝啬，总公司奖励得多，他就给手下员工发的多，搞各种联欢、团建，公司上下对他非常认可，几乎言听计从。一有假期，他就跟表姐出去旅游，新马泰、欧洲十日游、宝岛半月游等，听说动辄还到澳门小玩几把。北京因为是首都，又是自己家乡，公事加私事，表姐夫经常会在当天飞个来回。他老说银川就跟北京的朝阳那么大。朝阳区到底有多大，我不大清楚的，可北京的吃穿住行，在我看来，也就那么回事，基本在银川能够实现。

北京的调调，银川是找不到的，但银川自有银川的调调，市区内江南水乡，郊外大漠孤烟，黄河横贯而过，贺兰山开怀拥抱，夏天气候宜人，冬天又有暖气，多好。所以我虽然热爱北京，但并不怎么羡慕在北京生活的人，甚至有时候替北京人因堵车而着急。表姐夫对我这些高论，不置可否地笑笑，北京人能找到的感觉，小城市里的人是触摸不到的。

每次亲朋好友聚会，大家一致称赞表姐夫豪爽、大气、幽默、能干。表姐夫则每次都会说，哎哟喂，瞧您老说的，好像您家子女不好玩似的，他们跟我，嗨了去了。我们四个经常周边行，到一些好玩好吃的地儿，总能遇上一些他熟识的人，对他大献殷勤，讨好不已。他在银川，多的是唯马首是瞻的兄弟们，车剐蹭了、家里搬个家什、开车接个来客，不管什么时候，只需一个电话，自会有人去处理。有一次我们四个去一滑雪场玩耍，回来的路上车跟别的车蹭了，表姐夫一个电话，立即有一个四十开外的中年人，高高壮壮的修理厂老板，开着他的宝马车赶来，把车交给我们开回去，他带人在原地处理事故，把车修好后送到了表姐夫家里。我有时有些恍惚，钱，几乎可以处理一切事务了。

那段时间，表姐决定自己在北京买套好房。表姐一方面考虑到，早晚要到北京去住，早点买了心里踏实，另一方面，表姐家是做跟房地产相关行业的，她作为财务人员，早就感知到房价上涨背后的资金流转方式了。

表姐在北京四环买了一套一百三十多平方米的房子，不到三个月，就涨了三分之一。表姐夫见天醒过来就感慨一番北京的房价。他这个打小在北京长大的人，根本没想到北京的房价有朝一日居然能突破二万、三万，又直冲五万，貌似还要往上涨。

"卖，卖，卖了。这是虚高。"表姐夫综合分析后说："现在应该是天价了，这个价格做梦也没想到啊。听说有家上市公司，为避免退市，买了一套学区房，放了不到一年卖掉，扭亏为盈了，其他公司现在也跟着学，纷纷跟进买房呢，你说，万一接下来中国的房地产跟当年日本经济泡沫一样拦腰斩断，那到时不后悔死了？！"

左思右想，几番与高人交流，表姐夫觉得，这时候不卖更待何时？为此他撺掇表姐："爸不是要开一个新水泥厂子吗？把钱投到厂子里去，咱俩做老板。等北京的房价降了，咱们来买套别墅不就得了。至少在后海买个小院子吧。"

表姐倒是也很信任他的话，觉得他说得没错，于是点头同意。

我在微博里转发了表姐夫卖房的信息。大学同学毛亮看到后，突然发消息问我房子是谁的？我知道她毕业后去了北京，很多年没联系了，这时候突然一问，心想她买得起吗？我问她，你真想要吗？我给你问个最低价。她说她正跟她家先生在四处看房，小孩要上学了，买个合适的学区房。我说这房子是我表姐家的，你如果真心想要，就跟我表姐夫联系，我给说好。

毛亮跟表姐夫商谈了一段时间，后来又给我发消息，说她家先生的父母都是德州的中学教师，毕生积蓄加上卖掉家乡一套房，才凑了三百五十万，剩下三百一十万，能不能缓一缓？本来想贷款，可他们名下还在供一套房，不好办手续。

意思是让我给表姐夫说说情。我当然义不容辞，给表姐夫传了这个话。

表姐夫听说是我同学，沉吟片刻，拍拍我肩膀说，咱妹夫说了，这个面儿还得给！得嘞，剩下三百一十万，两年内还清。

我打电话问毛亮，两年能还清吗？三百多万呢。

毛亮满口应承，能！我，我老公，我老公父母，四个人，都在外面做家教，一个月下来也有七八万，再加上四个人的工资，可以还的。

我根本没想到，毕业不到十年，当年和我一起领着贫困补助金，四处打工的毛亮住上了六百多万的房子，而我还在供六十多万的房子。这是命也？运也？还是不同选择带来的不同结果？

我问毛亮，你老公对你好不好？

挺好的，啥事都让着我，他边工作边读研究生，挺忙的。

我由衷地为毛亮高兴。当然，我也不羡慕毛亮。我觉得自己的生活够好的，没那么大压力，开开心心过着每一天。而毛亮呢，可以想象，她起早贪黑，像只勤谨的蜜蜂，在家里除了洗衣做饭，还得腾出一块小地方，给一群孩子补习，周末要在外面的教培机构兼职，把自己的时间全部投入到赚钱当中。这样的日子有什么好，蜜蜂采蜜说不定是快乐的，但像蚂蚁般为生计而累得不可开交，是否没有任何意义？我听说毛亮每个月给姐夫打款十万，年终再打五十万，没到两年，把剩下的房款还清了。

银川适合休闲养生。在表姐夫的号召下，我们一帮年轻亲戚们组织了篮球队、羽毛球队、越野队、登山队、滑雪队、攀岩队、攀冰队，除了临时召集的小型聚会外，几乎每个周末都安排有活动。规模大的时候，像羽毛球队，到体育馆早早订三四个场地才够。表姐夫略胖，但运动机能挺好，技术超群，很多活动中，他一枝独秀，表现得非常抢眼。他被长辈们封为我们年轻一代的领头雁。那段时间，他走路说话的神态，不仅像领头雁，更是一头睥睨天下、傲视群雄的狮子。

什么事情在他那儿，门儿清！表姐不时也会冒几句京片子。那段时间经常看到她笑靥如花。

四

最近一段时间，我在大脑库存中，翻检那些凌乱的往事，交往过的人物。我不断想起曾踌躇满志、意气风发的表姐夫。时代的列车轰隆隆疾驰而过，带着一代人的青春和梦想，也带着那些早已尘封了的不想提及的往事。

表姐夫在银川的美好日子持续了那么五六年后，发生了点变动。这变动，源于表姐夫出色的业绩。他虽然在西部城市银川做区域经理，但因为能力强、关系多，业绩平均下来，一点儿也不弱于沿海大城市，甚至有些单项评比方面，遥遥领先于全国。总公司非常满意，除了各种奖励和安排表姐夫全家去欧洲游玩之外，又调任他到乌鲁木齐担任区域经理，原因是那边的市场需要能干的人去开拓。

银川太舒适了，表姐夫不想离开，但还是拗不过总公司的决定，只好去赴任。谁知道，大概上任不到半年吧，其间，表姐夫连夜打了辞职报告，第二天就飞回了银川，说是受不了那边，还是银川好，表姐还过去陪了一个月。

听到表姐夫回来的消息，大出我所料。当然，反过来想，我也理解，他和表姐又不缺钱，何必受这两地分居的罪。

回来后，表姐夫自己单干，开了家影视文化传播公司，主打宣传片制作，同时拍摄制作微电影、广告片、纪录片等，又联合其他公司，做一些舞台演出、婚庆策划什么的。这又出乎我意料。虽然他点评起电影、电视剧之类的，头头是道，但拉一班人马，亲自操刀上阵，不知道能否像过去那样纵横捭阖。好在他的家底比较厚实，开头哪怕烧钱，也是能支撑几年的。

那几年，银川的经济一派欣欣向荣，大小单位喜欢拍个宣传片之类的，来展示自己一年的成绩，表姐夫四处接洽单位宣传片，加上其他业务，人手不够，还动员我辞职，跟他一起干事业呢。

那段时间，我们四人还是常聚。表姐夫指点江山，激扬口才。说有个局长贪了一千多万，被判了十二年。他就觉得这个局长真没眼光，不会投资，早点在北京买一套房子，值得拿下半辈子牢房换这点钱吗？

我说你要是有眼光，也不会把北京的房子卖给我同学了，现在涨得快翻番了。

嗨！那套房子，我又不是没挣上钱。让你同学该卖就卖掉，我看这北京房价，说不定拦腰斩。

那你觉得现在做什么生意好？

拍电影。表姐夫说，现在网络电影很火，院线更火。我要投资影视行业了，拍一部真正的电影。

银川有镇北堡西部影视城，拍过很多部国内外非常出名的电影，比如《大话西游》，让许多文艺男女念想不已。再比如《红高粱》《龙门客栈》等，名噪一时，国内外拿了不少奖项。银川是很适合拍电影的，市内有众多星星点点的湖泊，湖畔树木成荫，鲜花怒放，湖里芦苇密布，小舟欸乃，可以媲美江南；周边要沙漠有沙漠、要戈壁有戈壁、要草原有草原，再加上一年四季的蓝天白云，田野村头的黄土气息，能呈现出中国大半个风貌来。表姐夫觉得，这是拍电影的绝好资源，所有的景都可以在银川完成，不用四处选景，天南地北跑来跑去。

表姐夫是一个执行力很强的人，也是易于冲动的人。他宣布进军影视行业不久，便飞到了北京，通过当年小学同学，弯弯绕绕地跟北京的一位大胡子导演接洽上了，还相谈甚欢。按表姐夫的设想，他要拍一部充满现代生活气息、融合大漠豪情、田园风光和公路赛车的打斗戏，片名都想好了，叫《西部山河梦》。

"电影，我是了解的，或者说，我从小到大没离开过电影，除了有时候觉得有些演员成名了之后，生活有点……怎么说呢，我对电影的热爱一直没有断绝过。"

"赵老师，您高，实在是高！电影就是生活，就是跟每个人息息相关的，您呀，要是来我们公司，就是艺术指导！"

"关公面前耍大刀，让您见笑了。您说，我这个构思，拍成电影，能获个戛纳奖不？"

"肯定能！怎么不能？只要我们做得好！"大胡思导演参着大拇指，红着脸说："您是高人，有生活基础，有人生经历，有想象力，见识不凡，我可是甘拜下风呢，咱们呐，相见恨晚！您看这个片子，您能投多少呢？"

说到投资事宜，表姐夫有点赧颜，喝了一口酒说："大制作，大场面，咱们没那个钱，咱们做小成本，文艺片！"

大胡子表情立即有些不屑，但一闪而过，说："咱不可玩人呐，要是没钱，回头趁早打住！"

表姐夫说他能筹五百万。大胡子导演说少了，一部好点的院线电影，怎么着也得两千万起步，他可以在北京联系联系，有无投资方，让表姐夫回银川，怎么着也得凑足一千万。大胡子最后恳切地说：

"一朝成名天下闻，你想想，你这个片子要是获得戛纳金熊，或者奥斯卡最佳影片，你就是中国第二个张艺谋？！你想想，你会捧红多少个明星？多少个女明星会央求着上你戏？"

表姐夫像打了鸡血一样，信心满怀。回银川后，整合他和表姐所有资产，准备放手一搏。他把他和表姐名下所有的商铺全卖了，别墅也抵押贷款了。

我们不知道怎么劝说，担心万一票房不佳，会血本无归。表姐夫还拿出六十多岁的希区柯克拍《惊魂记》为例，说老先生当时也是背水一战，把家当全部赌上了，最后大获成功。表姐夫觉得，古今中外，凡是成就一番事业的，定会冒巨大风险。特别是搞艺术做生意的，没有点风险精神，怎么能成功、能赚钱呢？何况，他这一次是谋划良久，考虑得特别周全。他的公司，已经有五六十号人了，个个都能独当一面，以现在的技术，服化道景容易制作，拍部电影自然不成问题。我们担心他没这方面经验，他就笑着说现在农村人拍的电影都公映了，我一个北京的大老爷儿们，再怎么着也有点品位吧。还拿不住一部电影？

他把手头的业务交给副总，忙着寻人写电影剧本，四处选景选演员去了。那段时间，表姐夫一头披发，一身满是各种兜兜的背心和裤子，手里捏着不同类型的剧本，对谁都是大声嚷嚷。所有人对他恭恭敬敬，叫着"赵老师"或"赵导"。他很享受这样的称谓，认为比"赵总"要文化多了。大胡子导演隔三岔五到银川来，跟表姐夫商量拍电影的事，一起交头接耳，搞得神神秘秘的，似乎怕我们听见了泄露商业机密。

表姐私下里埋怨，说他着魔了。

我说搞艺术啊，不疯魔不成活。

五

电影是拍出来了，虽然不是难产，但一波三折，足够写一部《惊魂记》。

我们探过班，有一个过气的老演员撑门面，三四个出道不久的年轻演员做主角，加上一帮群众演员，看上去阵容庞大，拍摄现场一派热闹。表姐夫是总制片，同时又兼任导演和排名第一的编剧，忙得不可开交。按他的话来说，连放个屁的时间都没有。大胡子是现场执行导演，因为他没有拉来一分钱，就把导演的位子让给了表姐夫。由于这部影片是表姐夫的创意，第一编剧也是表姐夫。看上去表姐夫无所不晓无所不能。但这些名号的背后，是表姐夫得不断地拿钱。表姐的私房钱，向亲友们借的款，加上抵押房产的贷款等，源源不断地投向了这部电影。开拍之前，预算是一千二百万，开拍之后，各种意外费用迭出，实际开销噌噌噌地往上涨。

长这么大，才发现钱真有用！表姐夫不时感慨，舍不得孩子套不住狼，现在舍不得，后面就什么也没有！

感慨归感慨，表姐夫这时不断为一些莫名其妙又意外出现的问题，差点气吐血。比如女一号临时接了一个国内知名大导演的片子，演女四号，飞到横店去拍摄，中间走了一个多月，那等她的一个多月里，就多花掉了六十多万；还担心她不回来，又给提高了一点演出费。这个女一号小有名气，丹凤眼，水蛇腰，眼神如一汪泉水，席间跟众人玩游戏，输了之后，叼着酒杯给赢家嘴里灌酒，嘻嘻哈哈，毫无矜持和羞涩，倒也能跟大家打成一片。

要是现在在国内几大知名视频网站去搜索，表姐夫的电影已经挂在上面，观看量、评分还算不错。这个本来想冲击院线、在央视六套播出的电影，因为后期制作费用不够等原因，未能如期上线，后来只得在视频网站作为网大播出。表姐夫先后投进去了一千四百多万，回报只有二百多万。

"拿钱买教训，不就北京一套房嘛！"

白白胖胖的表姐夫，变得黑瘦黑瘦，一头长发，乍一看，跟讨吃的差不多。赵伯伯特意打电话来，让我和杨雪燕，多给开导开导，钱财，身外之物也。

"千金散尽还复来，烹羊宰牛且为乐，来，妹夫，咱们再喝，你说说，我这电影差啥了？不就没用当红小鲜肉嘛，我那几个，个个可是实力派！"

表姐夫关闭了营业一年半的影视文化传播公司。在他拍电影的那大半年里，他的副总把很多客户揽到了另外一家他入股的公司里。表姐夫无奈，跟一些朋友商量后，另起炉灶，成立了一家药品销售有限公司。没想到，他的公司，很快被查出有假药，并有抬高药价的嫌疑，问题多多。在他看来，药管局似乎专门盯上他了。他不想被罚款，更不想被抓住判刑坐牢，于是找人说情，赔了不少钱，把公司给盘出去了。跟他一起喝酒，带他做药品生意的人，也骗了他一大笔钱后销声匿迹了。这是他万万没有想到的。这个人，多年前跟他在一个公司里，天天鞍前马后，不知道叫了他多少声哥。

表姐夫灰溜溜的，只好屈尊到表姐家的房地产公司里。姨夫是法定代表人，表姐是财务总监，他担任了销售总监一职。

六

表姐家里做生意，具体大到什么程度，我不大清楚，也不好问。杨雪燕多次警告我别打探她表姐家生意上的事。当然表姐家也不说。我记得有一次，到一家观景餐厅吃饭，表姐无意间指着窗外不远处一片绿意盎然的小区，说了一句，当时做这个项目的时候，差点亏了，为了拿一个奖，绿化上不惜血本。我愣了一下。这是银川市的标杆小区啊。

表姐的父亲，也就是我们的姨夫，看上去是个谢顶的老头子，但若与他眼神相对，顿时放射出一股逼人的光芒。他是真正的强人。小时候出生在郊区，家里上无片瓦下无插针之地，从工人到老总，历尽千辛万苦。有钱之后，未能免俗，休妻再娶。我表姐表兄属于姨夫前妻所生，而后面娶的这个妻子，给他生了一个男孩，就是小表弟。有一年春节，姨夫刚进杨雪燕家里，坐到桌上，屁股还没热，就接了一个电话。这个电话接完后，他说得出去一下，结果一晚上都没回来。姨妈解释说，刚才老刘打电话叫人呢，说市长也在，聚一起吃饭打麻将。我一听吃了一惊。杨雪燕问他们一把打多少，姨妈伸出了一个巴掌，后面的单位，我听完后，咂舌不已。

天有不测风云，人有旦夕祸福。有一个腐败案牵扯到表姐家里了。被查处的领导有一外甥，也是做建筑生意的，跟表姐家的公司常有业务。有企业负责人通过该外甥，在地下车库给该领导送了几笔钱。我们四人一起吃饭时，我提到这个案子，杨雪燕笑着说，如果按表姐夫的观点，这领导，要是眼光好，早点到北京投资买套房，就不用贪污这点钱了。

表姐夫反驳了一句，北京房价低时，他也就一个普通科员，胆儿再大，也不会想到去北京买房，这叫视野决定高度。

表姐岔开了这个话题，说你们知道吗？冷冻人开始了，我们一旦病亡，能不能把自己冷冻起来，等未来医疗技术发达了，让后来者救活呢？

杨雪燕说，谁知道几百年后，人类还在不在这个星球上呢，操心好眼前一亩三分地吧。

表姐夫说，就是就是，你赶紧努力，争取早日当上报社社长，我们好沾点光。

我说，报社也快不行了，新媒体跟跑下山的野狼一样，蚕食了我们好多地盘。

那晚回到家，杨雪燕给我说，表姐刚私下里问，认不认识特别牛的律师，她们家也缠上官司了，就跟那个被查处的领导有关。

晚上让你别再谈这个话题，你还没完没了地说。

因为产业转型，加上牵扯到腐败问题，表姐家的生意，像扎破的气球，一下子干瘪了。大厦将倾。表姐家虽然讳莫如深，但不同的亲戚们在一起闲聊时，总会从不同角度说出一些事，综合得出的结论，表姐家面临重大劫难。还好，表姐家的人，被谈话追查了半年时间，没事，但公司的业务该停的停了，该并的并了，没剩下多少。最关键的是，她家的资金流一下子周转不过来，债主纷纷上门，压力骤大。表姐还找杨雪燕借了十万块应急。

"十万块，在过去，她家人做随身零花钱用呢！"杨雪燕莫名地笑了笑。

表姐夫一下子失业了，闲在家里，不是看电视就是打游戏，到了晚上，就喊我出来撸串闲谝。见了面，他先是抒发一通在家里读书或观影的心得，然后评述古往今来的中外先贤，从屈子到海子，从亚里士多德到康德，从拿破仑到奥巴马，再拉回到当下的股市、明星八卦，他滔滔不绝，激情满怀。没想到，他了解得这么多，还挺深。我只能应声虫似的附和几句。

公司遇到了危机，许多三角债需要处理，表姐一天忙忙的。她四处讨债，搜集材料，到法院起诉、应诉等。那些过去关系深厚的债权人，现在都不谈关系了，担心自己的钱没了，先到公司来把值钱的、能拿到手的，赶紧拿走。拿不到钱的债主，就想尽各种方法，有些甚至住到姨夫家里，姨夫没办法，只好把家里值钱的东西折价给对方。

商场只讲利毫无义，表姐夫深深感受到了："敢情你姨夫，也有脚底下拌蒜，掰不开镊子的时候，平时那大嘴叉子一张，两个儿子可机灵儿了，现在呢，谁的钱都把得特紧，把老爷子给折腾得五脊六兽的。老爷子这几天脾气可大呢，谁都不敢招惹他，连你表姐，也变成没嘴儿葫芦了。"

七

人一旦失意，诸多不顺遂的事便接踵而至。表姐家的亲戚中有人生病了，到北京去治病，就给赵伯伯打电话，意思是能不能联系个熟悉的医院，认识的医生。赵伯伯当然没记住这个亲戚具体是谁，但知道是自己亲家那边的人，就联系医院给挂了个号，让这个亲戚去看病。这个亲戚到了北京，安排病人住了院，就说要来看望赵伯伯，带了点特产送过来。

"来就来了，带什么特产啊。"刚好周末，赵伯伯在家里等这个亲戚上门，微笑着收下了礼物，礼貌性地倒了杯茶，请这位亲戚喝。这位亲戚喝了一阵子茶，闲聊一会儿，发现赵伯母不在家，没人做饭上菜，就提议到外面吃点。赵伯伯开车带他去吃烤鸭。

烤鸭店里，先买单后上菜。点了一只烤鸭两个菜，服务员要求买单时，赵伯伯眼皮都没抬一下，看着手里的菜单。那位亲戚看赵伯伯的态度，赶紧买了单。回到银川，见了姨夫，忍不住说，北京人了不起，我们把人家当亲戚看，人家就没把我们当亲戚看。

姨夫徐徐抽了根烟，喷了口烟圈瞅了一眼对方说，你也知道，在北京挂个号是多么不容易，人家帮了忙嘛。

呀，亲戚间帮个忙，不应该的吗？我大老远的，第一次到北京去，他就那个态度，是什么亲戚？我倒不如找个黄牛挂个号，大不了花几个钱嘛！你就没看见，让买单时，头快埋到裤裆里去了。

这话自然传出来了。过年了，亲戚间聚会，坐在一桌上，那亲戚看了眼表姐夫，兀自又说起了这个事。表姐夫端起酒杯，一口喝干，说道：

"嘻，张姑父，歇菜吧你，你自个儿看，你这个人，瞜一眼，怯不溜丢的，还找黄牛呢，骗个百八十万还找不到门儿呢。再说了，你一个大老爷们儿，怎么这么小气呀，买个单怎么啦？凭啥到了北京我家老爷子买单！每天到北京去的人多了去了，你以为是在银川，老爷子买得过来吗？来银川让你请客了吗？你自个儿颠颠地要请客，老爷子能坐到桌上那是给我老丈人面儿！你自个儿不照照镜子去，你有那面儿吗？好嘛，越活越糊涂了，开始在背后捣饬闲话了。"

那是我看到过的表姐夫第一次当着众人发怒，虽然跟平时一样贫，但说完就推开椅子，把筷子掷到桌子上，皮衣一夹离开了。我跟上去扯着他袖子，说这么多人呢，冷静点，给姨夫面子嘛。

"瞧那丫那操行，撒什么癔症啊！我要是继续坐那儿，忍不住抽那丫大嘴巴子了，什么玩意儿！"

尽管表姐夫着力维护赵伯伯的形象，但北京和银川的两亲家距离，如地震导致的山体裂口一样，越来越大了。随着表姐家的衰败，表姐偶尔给杨雪燕诉苦，她到了北京，不怎么受公婆待见了，赵伯伯、婆婆还有意无意地说她家的学历低，哥哥弟弟属于不学无术、花花公子之辈。

我听完杨雪燕的转述，感慨地说："你看表姐这个哥哥，成天在赌场里混，这个弟弟，成天在酒吧里混，还娶了一个交际花一样的女人，这以后啊，事情多着呢。"

"你少说，当年表姐要结婚时，赵伯伯家为什么不说学历低？为什么那么高兴？在北京饭店里大办婚宴，你知道谁出的钱吗？是表姐家！"

在我们大家议论赵伯伯时，赵伯伯突然飞来了银川，说是看看表姐夫。他这次来，并没有得到前几次来时那么热烈的欢迎。好几次吃饭，只跟着我们四个年轻人。他退休了，眼中的神采不再，脸上的老年斑触目惊心地多了起来。有一次，在饭桌上，为北京房子的事，表姐夫还呛了赵伯伯几句，赵伯伯一愣，温顺地闭口不言了。这让我大吃一惊。我以为这俩父子，永远会默契与亲密。但表姐夫凶他父亲的样子，跟我们村里那些年轻人凶他父亲的样子并无差别，几句话呛得赵伯伯开不了口，似乎做父亲的都对不起孩子似的。

回到北京后，赵伯伯外出郊游，居然在高速路上出了车祸，抢救无效过世了。这给表姐夫打击很大，他安排完后事，回到银川后，一下子陷入到颓唐之中，很多时候，待在家里，看着一连串与北京大院有关的电视剧，不怎么愿意出来。再后来，他母亲生活不能自理，表姐夫回了北京，陪了大半年，又返回银川。

表姐夫一到银川就找我。

"兄弟啊，在哪儿嗨呢，哥这儿，有一个急茬！你得帮我一把！"

"我在单位呢，表姐夫有何指教？"

"这样，晚上咱四个，老地方烤串，这大半年，一想起这边的羊肉串儿，可把我给馋的。"

"好的，那我一下班过去。"

一见面，烤串还没上来，他给我谈起了这段时间他的研究心得：

"找一块空地，盖座影视城，你看人家横店，盖了影视城，带动了多大的一个产业，我不是说了吗？咱们这个地方，要山有山，要水有水，要沙漠有沙漠，要森林有森林，江南风情，塞上风光，缺啥？就缺观念，缺想法，缺行动。大记者，你这个身份，关系众多，你打听打听，哪儿能弄上空地，咱们再建一个影视城，跟横店有一拼的那种。我给你说，什么横店影视城，咱们这里，小桥流水的江南风情，策马奔腾的沙漠豪情，南来北往的各色菜肴，应有尽有，还能搞不定？"

敢情还跟电影有关。可我汗颜之极。我哪有这个能耐。我当记者，虽然认识一些部门的领导，牵线搭桥可以，但让我去办事，肯定不行。

"不好办吧，这需要大投资不说，涉及的部门多，审批起来也是一个漫长的过程。"

"得嘞得嘞！我卖房投资，北京还有房呢，大记者，你老在啃节儿上给我掉链子可不成！"

"真的有投资，政府也会很乐意的，问题是一两千万不行吧？"

"嘻，这不是钱生钱吗嘛！政府批了地，我们再拿这地做抵押，贷款，前期有点基础了，再忽悠几个大老板来投资，这不事情成了吗？再说了，这几年政府也不是加大力度招商引资吗？你看看，现在好些地方，除了引一堆东部淘汰掉的污染企业进来，哪有前瞻的绿色的长远发展的产业啊，政府应该追求清洁绿色发展，建影视城就是可行之道。"

"没那么简单吧？过去睁一只眼闭一只眼就出去了，现在审批可严格了。"

"办大事，自然要走绿色通道，要从简，不要搞得太复杂。"

"那得找一二把手了，你说我能够得着吗？"

"你不是跑文化口吗？甭抖机灵儿，弄那猫儿腻干吗啊？你找找关系，我们再找关系。"

"嘻，哪有说的这么容易。"

"要是我有一个亿，我会买一块地，做旅游地产。要是我有两个亿，我会买一块地，做影视城。要是我有十个亿，我会投资，钱直接生钱。问题是我现在没钱，我得借助资源、整合资源，你明白不？你手里有资源。"

"我就是一小记者，恐怕办不了这么大的事。"

"嘻！费了半天的吐沫，敢情白费工夫了。你丫跟兄弟少要点儿鸡贼，忒不局气！我也不跟你嚼舌头了，你就说，帮不帮姐夫一把。"

我字斟句酌："帮，想办法帮！"

"言不由衷，忘恩负义！"表姐夫站起来，气冲冲地进了厕所。我们以为他上完厕所，自然又回来的，谁知道他出了门，直接打车回家了。

八

表姐夫开始学着看娃。他要小孩迟，小外甥女才上幼儿园大班。过去一直是保姆阿姨照顾，现在，他完全赋闲了，就不请保姆阿姨了，在家看娃，主要照顾一天的吃喝拉撒，陪小孩练习画画，写写数字，摹写笔画什么的。

可问题是，带娃也很累。白天做好三顿饭外，陪娃上兴趣班，辅导各种学习，晚上还得给洗澡、讲故事、哄睡觉等。小外甥女淘气又闹腾。一个人时，不是看电视就要打游戏；邻居家的小男孩来了，两人在几个房间里捉迷藏、玩过家家，眨眼之间，可以把几个房间翻腾得杂乱之极，无立锥之地，各种玩具撒满一地，枕头被褥都成为玩具的一部分。表姐每晚讨债回来，一看到家里这么乱，就心烦，怪表姐夫没看好小孩。而表姐夫，带了一天小孩，已经感觉精疲力竭，困倦万分，再听到指责和埋怨，难免要回敬几句。如此一来，吵架的导火索就点着了。

吵架就像吸烟喝酒，也会上瘾。表姐后来说，他俩每天不吵一架，总觉得会缺点什么。为了吵架，她白天忙归忙，还惦记着晚上要从哪些事上来责怪表姐夫没有做对或做好，比如从袜子不洗开始，到房子贱卖为止，历数一下表姐夫的无能。而表姐夫，只要吵起来，就觉得自己上当受骗了，早知表姐如此一泼妇，就不来银川发展了。他俩各自攻击对方最柔软的地方，句句要害，伤痕累累。

他俩吵架，起初在家里，后来在我们四人的小聚会上，再后来就是全家人吃饭的桌子上。高挑美丽的表姐声嘶力竭起来，面目狰狞，完全不顾形象，非常可怕，乃至有些恐怖了。一看表姐歇斯底里了，表姐夫白色的面庞慢慢转青，坚持一言不发，似乎没听到一般。但表姐看他像座石像，缄口不语，更来气了。

"真他妈的！"有一次，表姐冒出一句脏话，把一个盘子狠狠砸到墙上。

"你文明点。"

"你文明点了吗？"表姐的声音又高起来。

往往，表姐夫会起身离座，走到外面，又不走远，找个僻静的地方，看着熙熙攘攘的人群，冒根烟再回来，这次站起来，直接出去打车走了。后来，每次在外面吵架，他就直接打车回家了。

表姐夫不再喜欢参加热闹的场合了，即使参加了，也不再那么谈笑风生，妙语连珠，万千宠爱集一身的样子。事实上，随着他社会价值一点点在丧失，表姐一家对他有了看法。过去句句尊重，现在说话也没那么客气了。北京人没钱，挣不来钱，不过尔尔。

表姐夫不安于自己这样一个颓废状态，便从表姐讨来的债中拿了两百万去炒股。没想到，人走背运的时候，喝凉水也塞牙。他觉得股市噌噌噌地往上涨，大家都说牛市要来了。谁知道他的钱进去，就赶上了股灾，一下子掉了两千多点，亏了一大半。

表姐听到消息，快被气疯了，身子忍不住打战：

"疯了你，你给我滚滚滚！滚回你的北京去。"

"这点钱，等我调整调整，很快回了本。"

"行了，你赶紧把剩下的给我取回来。就你，穿条裤衩出来已经不错了。"

"你别蹬鼻子上脸，长行市了你。"表姐夫嘴硬。

"你少把自己当根葱，你就一普通人，你得踏踏实实过日子，别老干那些不切实际的事。"表姐心快被苦水吞噬了，她在外面那么绞尽脑汁，撕破脸皮，讨来的二百万，本是孩子未来的教育费用，想不到这个男人一点也不珍惜，到股市里给打水漂了。表姐咬牙切齿，恨不得拿菜刀砍人。

吵架不断升级，最后发展到肉搏，一番打斗下来，表姐夫开始蔫了。跟老婆打架，打赢了算什么？当年那个绿茵场上像一头豹子一样冲撞的青年俊秀，想着冲进国家队的球员，变成一个爱抽烟、爱喝闷酒的中年大叔了。

他过去酒量大，很少见喝多过，现在一喝就多，多了开始自言自语，嘟嘟囔囔，牢骚满腹。回到家里，一个人扒在马桶上吐，歇斯底里的，吐得心肺肝胆快要出来了。吐完，躺在厕所地板上睡觉。表姐骂他是挺尸。

昔我往矣，杨柳依依；今我来思，雨雪霏霏。

他似乎回不到过去了。

有几次，他外地的朋友来了，他就喊我来，说你给我个面儿。

我去了，陪吃陪喝。

饭局结束，他说，姐夫喝高了，你去把单买一下，回头我给你转过来。

但也就这么一说，如此接二连三，每次吃完，单我买，钱从来没有转过来。

次数多了，时间长了，我有点憋屈。心想，你充大佬，我买单，凭什么啊？没钱，不能少花点啊？我就这点工资，能经得起三天两头大吃大喝的折腾吗？

生活离不开碎银几两，偏偏这几两碎银，决定了一个人的生活状态。

表姐夫是聪明人，自然发现周围人对他的态度。他像一只努力破茧的蝴蝶，想换一副新的形象面对大家。他开始出去找工作。以他过去的经历，到一家公司应聘，很快被聘为副总。但这个副总不好当，老总给他定了很重的业绩，每月一次考核，他根本完不成。在表姐夫看来，这是老总的指导方针和产品定位出了问题，而老总觉得你是吹牛皮，没能力。如此几番争执，有时争执还发生在公司开会的现场，老总就请他另谋高就了。后来，表姐夫应聘了几家公司，还是出现了这样一个状况。过去做什么事顺风顺水，得心应手，而现在似乎每个人都跟他做对，每件事漏洞百出，问题连连。他受不得那些老总们冲他吹胡子瞪眼睛，更别说手指戳到鼻尖上的蛮横。表姐夫不断辞工作，找工作，在一家公司上班没有超过半年的。

他这种工作态度，表姐自然不满意，觉得他不够男人，不够大丈夫，做不到能屈能伸。

"韩信能忍胯下之辱呢，何况你呢？就一个专科毕业的四十多岁的中年人！"

表姐夫说我一个北京来的大老爷们儿，跟这么没素质的草包一起混，还要受气，我够可以了！可在表姐看来，一个男人，到了这个地步，哪怕到街上摆摊，为了自己的老婆孩子，也得干，这是责任。这话说出来，表姐夫不干了：

"哟，我到哪儿当大丈夫不好，跑银川来当了？那些没见过世面的大爷们儿，你当好伺候呢，个个不是省油的灯。"

"你就没本事，成天想着花天酒地，在你那些狐朋狗友的圈子里，被奉承，被当作老大，我觉得你该醒醒了。"

"嗯，我那是受宠受敬，你羡慕嫉妒恨？"

说着说着，两人就又吵了起来，我们赶紧劝止。这些年，我和杨雪燕也为生活琐事吵架，但没有这么歇斯底里，恨不得掐死对方似的。有一次，是在她们家里，当着我和杨雪燕的面大吵，并扔出要离婚的话：

"离就离，谁怕谁，明天就离！谁不离谁就是孙子！"表姐决绝起来，声音要破云裂日，连我看着都有点可怕。

"你丫就一泼妇！"表姐夫一个人站到阳台上，抽烟，一根接一根，恨恨望着远处高楼里的灯火辉煌。抽完烟，进入厨房，收拾碗筷洗洗涮涮，半天不出来。

"他完了，他只要带好孩子就行了，我对他没啥要求了。"表姐绝望地说。

九

婚还是离了。

我预料到会有这么一天，但没想到来这么快。

那天，银川下着大雪。远处的贺兰山在白雪映盖下肃然矗立。大团大团的雪花在风中呼啸着，飞卷到地面上。我和杨雪燕陪她俩离了婚，杨雪燕带表姐去逛商场，我跟表姐夫深一脚浅一脚，走进一家羊肉泡馍馆，暖和暖和。

"表姐夫，你该醒醒了。我感觉这两年，你心态有问题了，你说人一辈子，草木一秋，不当大老板又能怎样？你现在不愁吃穿，有个安身养心的家，多幸福的，难道非要当老板？"

"你意思是我非得蹬一个小三轮到路边拉货去？"

"攒点钱，安安稳稳过一辈子。"

"有意思！我跑到银川来，落得个蹬三轮的结局。"

"我意思是调整心态，人生有多种活法。"

"天下的道理是很多，也没错，可有些人，就是不按道理活。"

对表姐夫来说，离婚不是最痛苦的事情，没当上大老板，没过上自己想要的日子，才是受不了的。他想回北京再图发展，但放不下自己的女儿。他想把女儿转到北京去读书，可表姐不同意，认为他没能力独自抚养。

表姐夫看着手机屏幕上女儿乖巧的照片，忍不住流泪了，噙在眼角的泪珠，停留了很长时间才留下来。孤独失意之中，他冒着大雪，连夜去了西藏。他后来说，在一部电影里，西藏的雪景令他震撼无比，电影名字忘了，是一个当代藏族导演拍摄的。大多人喜欢夏秋季节去西藏，他更喜欢冬天的西藏，干干净净的，几乎看不到一点儿杂质。

表姐夫在西藏待了一个多月才回来。我看到他时，差点有些认不出来。他披件厚厚的大羊皮袄子，头发乱蓬蓬的，黝黑的面孔上，落下了几处伤疤。换了个人似的，眼神里也有一种说不清道不明的浑浊。

"我们想得到的东西太多了，一个人其实不需要那么多东西的。"跟我烤串时，表姐夫搓着手，深有感触地说。

我说是啊，这些道理，不去西藏，活在银川，也能明白。

不明白，你只有看到那些藏民，从他们眼睛中、行动中，才能深深理解到。

他一支接一支冒烟，烟雾遮住了他的面庞，像一个哲人一样陷入沉思。

十

表姐夫回了北京，隔了两个多月，我出差去了趟北京。办完事准备要走，毛亮等北京的几个大学本科同学非要和我一聚。表姐夫听说我到北京来了，也执意要请我吃涮肉。我说不用了。他说非得见一面。我说我今晚跟大学同学在一起，明天一早得回去了。表姐夫说，必须见一面，你来北京了，怎能不见一面呢。我同学们一听，有个北京的表姐夫要请我吃饭，就说一起来聚聚吧，多认识个北京人，在这里多一份活路。

没想到表姐夫赶过来时，还带了一个漂亮的姑娘，介绍说叫方琼，在西藏旅行时认识的。

"她想当我女朋友，我没答应。"席间，表姐夫半开玩笑半认真地说。

我一看这个长相大气且迷人的姑娘，不知道怎么说好。而这个叫方琼的姑娘，没有反驳，一脸的微笑，似乎默认了这种说法。

"要不是有孩子，我真想跟方琼在一起了。你回去劝劝你表姐，来北京跟我一起带孩子吧，这边的教育资源好。"

"好，我回去劝劝可以，但她不见得同意。"

"我也是看孩子面儿，才竭力抵制这个奋不顾身爱上我的方小姐。"

"我是想跟你结婚呀，只要你愿意，我什么都不在乎，不在乎你结过婚，不在乎你年龄大，不在乎你有一个孩子。"方琼睁大眼睛说。

表姐夫瞅了一眼，不接茬。

有一位女同学心直口快地说："你不会是冲北京户口跟他结婚吧?"

"我是喜欢他这个人，跟有没有北京户口没关系。"

有几个男同学就鼓掌，说真是个好女孩，这位姐夫，千万不要辜负。

姐夫不置可否。后来跟我单聊时说，娶妻娶这种个高腿长皮肤白嫩的女人，其实就是给别人看的，到我们这个年龄，你看看大家，图什么? 图幸福，图开心，图实在，搞虚头巴脑的干吗? 过给别人看，不如把自家的窝弄暖和。

我回到银川后，跟杨雪燕说了这种情况，她把意思转给表姐。表姐说离都离了，好马不吃回头草，再不黏糊了，黏一起，不把人累死就给气死。

我把意思转给了表姐夫，他半晌无语，只在电话里叹气。

让我大跌眼镜的是，表姐夫有一天问我，你同学毛亮是什么情况?

我说不清楚啊，她不是跟你加了微信吗?

"是呀，加了，这不问你吗？她跟我聊起来，说离婚了，想跟我进一步认识认识。"

"嗯，我不清楚。她大学本科毕业后，经过'双选'到北京工作了，几番跳槽，从郊区的中学调到北京一所有名的中学，并在北京购买了两套房子。当然一套是买你家的，你清楚。"

"她说她男的，就她丈夫，博士毕业去了国外，留那边工作了，两地分居，她就快刀斩乱麻，离婚了。"

"你俩见面了？"

"见了一面，喝了杯咖啡。她觉得我这个人算好，当年给她缓了两年的房款，一般人不会这么做。"

"她看上你了，那你也考虑考虑。"

"考虑啥呀，她都有北京户口的人了，图我啥呢？"

我叹了口气。毛亮不容易，一个女生，从老家偏僻山区出来读大学，说话做事规规矩矩，成绩也稳居前列，大学毕业后进了北京，从郊区跳槽到三环内，可谓费尽九牛二虎之力。买了房，过上了安稳日子，谁知道老公又出国了，无奈离婚，年龄大了，再找一个合适的人谈婚论嫁，确实不易。而表姐夫与她的几次交往中，说不定给她留下了很深的印象。想来，那也是难免。

"原来那个爱上你要死要活的中传媒的硕士研究生呢？"

"分了。给了三万分手费。"

"不是为爱吗？怎么还要分手费呢？"

"这不是我有对不起人家的地方嘛。"表姐夫在微信语音里压低声音说。我叹口气，这男人，关键时刻还是靠不住。

十一

好长时间没联系了，有时想起来，我以为表姐夫正在慢慢淡出我们的生活。他或许跟毛亮走到了一起。毛亮是个很会照顾人的女人，至少能满足表姐夫起码的口腹之欲。我也在想，我们这代人的命运真奇怪，或者机会真好，各种可能都赶上了，我一个西北山村走出来的娃娃，上一辈的人出个县城都难，现在三天两头各地跑，会为一个北京亲戚的事情这么上心。而毛亮，从大西南的山村走出来，居然成了北京人。北京可是首都啊！就毛亮现在北京两套房的身价，放在我们镇上，应该是首富了，放在她们镇上也拔尖吧？生活对我们的馈赠和赐予已经够多的了，为什么有些人还过得不好呢？对人生还不满意呢？我们该做些什么呢？

没想到，有一天一大早，杨雪燕猛然告诉我，表姐回到银川了，在表姐公司的楼下摆起了地摊，卖的是他那些多年珍藏的限量版的球鞋。

"你怎么知道的？"

"表姐说的，一大早，表姐夫就给表姐办公室送去了她爱吃的三明治、牛奶、煎蛋，还有一大束鲜花。"

"还搞年轻人的把戏？"

"什么啊，这套把戏，每个年龄段的女人都喜欢。"

我赶过去一看，果然是表姐夫。表姐夫说，还不是为了女儿，如果表姐复婚，他愿意找一份工作，哪怕摆摊，也要养活母女俩。表姐夫一副大义凛然的样子，拍着胸脯说，咱一个老百姓，心里有杆秤，你说人一辈子为啥活，活的就是个情。我低头看看摊位，那是他十多年的藏品，对喜欢品牌限量版鞋子的人来说，绝对惊艳，每一双都制作得那么精心，又充满特有的美感和运动感。我第一次到表姐夫家的别墅里，发现有一间房的四面墙壁都做了柜子，用来摆放这些鞋子。我当时就觉得有钱人生活真烧包，后来也理解了，有了钱，至少可以找一些烧钱的事干。表姐夫离婚后，搬到另一间房子里，带走的就是这些令人眼热的鞋子。

我问，姐夫，你就想这样打动表姐？

还有呢。

有什么？

一颗心。

表姐夫有些神秘莫测，含含糊糊地说，其实当年他第一次在校门口看到表姐，站在出租车旁，一脸的焦急，他一瞅就知道，这个女孩遇上事了，需要帮忙。北京人都是活雷锋，自己该当一回雷锋了。

他走了过去，当他还没开口时，这个姑娘一把抢过了他手中的钱，他隐隐感觉到，这辈子，就要捏在这个姑娘手里了，自己的钱只能给他花了。

但他没怕过，相反，荷尔蒙喷涌的同时，生出了一些甜蜜的战栗。

他觉得，这是他有生以来没有过的。

应该是爱情。

以后这姑娘有啥事，我来摆平！他心里想。

那时的表姐夫想着容易，但行动起来难处不少。当时他走出校门，目的是打车回家的，身上只装了一百块，被表姐强行借走后，他身无分文，只好返回寝室，再作打算。结果呢，那帮室友不在寝室，宿舍门也是锁的。他没带钥匙。那天也奇怪，整个班的男生一共有十二个，都不在寝室。他无可奈何，到操场上绕了一圈，也没看到个熟人，就到校门口，打了个出租车，心想回到家里再给钱。但他忘了，他所有的钥匙不在身上。车开到单元门口，他上楼取钱，结果没钥匙，门打不开，进不了家门。父母都不在家。那时候，没有移动电话，他联系不上父母。对面邻居家也没人。他疑心自己是不是被抛到另一个星球了。从楼道的窗户望出去，熙来攘往的人群，感觉世界还在运行。他没办法，下楼哀求师傅，让师傅留一个地址，他上门送钱。这师傅不依不饶，说你这种人我见多了，不给钱，就去派出所。那时候的表姐夫披了一头浓密的长发，像极了港片中的陈近南。表姐夫尴尬至极，不知所措。

最后还是他讨厌的居委会大妈解围，垫付了钱，让他走人。

要不是这姑娘，我还不知道没钱的痛苦呢。表姐夫说，从那一天起，他就记住了表姐。

我听得怦然心动。没想到，他跟表姐之间还真是因钱生爱，因钱分开。

这两年来，表姐夫没个正经工作，没了固定的收入，应该吃了不少钱财方面的苦头。虽然他家在北京还有两套房，一套母亲和他住，另一套出租，但他还有一个弟弟，一个出国了的姐姐，每年的房子租金，不可能落入他一个人腰包。但我也知道，他这个人，有钱的时候大手大脚，没钱的时候每天在家里弄点炸酱面，追个剧刷个抖音什么的，想通了，也能笃定地活着。

可还是未能心如止水。

这次来银川，表姐夫显出了九头牛拉不回的死缠劲儿。

为了让表姐回心转意，他每天一大早到西餐厅里买表姐爱吃的早餐，早早赶到办公室门口，等保洁来打开门，他就把三明治、牛奶、煎蛋，还有一大束早市上买来的鲜花，摆放在桌子上，还不忘写一张卡片，包括一些肉麻的情话。

起码持续了两个月。

有点俗。表姐给杨雪燕说烦死了，他又来那一套了，但杨雪燕听得出来，表姐语气里的欢喜显而易见。

我们趁机游说，想方设法撮合。

表姐说，为了女儿可以复婚，但还是要观察一段时间，这个人，公子哥儿脾性不改，我就没办法跟他生活。

表姐夫听到这个消息，不知道欢喜还是激动，喝了个酩酊大醉。

他继续到表姐楼下摆摊卖他那些运动鞋。大中午人流密集，不少人在他摊位上挑选。他正卖力推销时，一抬头发现了一张熟悉的面庞。

那面庞有点老了，几根白丝飘飞，双眼处鱼尾纹摆动。

表姐说，你给我包起来，这些鞋我全买了。

表姐夫泪眼婆娑地站起来，他看到表姐的怀里抱着自己的女儿。这个女儿，他已经有三个月没看到了，日思夜想，辗转反侧。这时候，女儿冲他微微一笑，他觉得世界瞬间明亮了起来，鸟儿鸣叫，花儿吐芬芳，他所做的一切，值得了。

十二

生命中有很多奇遇，关键是怎么去看待。按表姐夫的话来说，就是活着，玩儿呗！现在的表姐夫一家三口在北京生活。这里面，还有些原委是我后来知道的。上一次，表姐夫来银川找表姐复婚，不仅仅展现了他务实的生活态度和对女人浪漫的求爱方式，更重要的是，他把家里的一套房子卖了，跟弟弟一平分，得了六百多万，回来之后，替表姐家还了许多欠账，把姨夫头上的"老赖"这顶帽子给拿走了。为了这个帽子，姨夫几乎吃不下饭睡不着觉了。

关键时刻显身手，还这么不俗。表姐突然间看到雨后彩虹般，感动坏了，同意女儿来北京上学，自己跟过来陪读。

我听完之后，暗叹一声，够局气！

前不久暑假，我和杨雪燕赶到北京去看望表姐一家，顺着表姐夫发的定位找过去，绕来绕去才找到他们家。没想到，在银川住过近四百平方米别墅，拥有独立院落的他们，目前租住在中关村的一座 20 世纪 80 年代建造的，只有一室一厅，卫生间公用，面积不到六十平方米筒子楼里。

整个楼道里散发着一股难忍的馊味，感觉下水沤了许久。一进房门，在地上堆得层层叠叠的，全是小孩学习用的书籍。锅碗瓢盆挤放在一张带有电磁炉的桌子上，似乎还没洗。上下铺的床，占据了房间很大的空间。乍一看，还以为在贫民窟。

"这片儿好啊，你看，是北京最好的学区。"表姐夫说。

"可住宿条件有点差，我现在都不习惯住了。"我说。

"你看，忘了艰苦朴素的优良传统了吧。"表姐夫不以为然地说。

"大家的生活都好了嘛。"

"人嘛，为了孩子，能屈能伸。"

表姐夫说，他在北京倒没有出去摆摊，而是一心一意在家里炒股。他的本钱，主要来自他后来通过网络卖掉的那些限量版的运动鞋。没想到，那四面墙上摆放的鞋子，居然卖了五十多万。他说为了炒股，拜了一位可靠的师傅，跟着他亏少赢多，每年勉强能挣个生活费。他觉得这样下去，可以了，在家挣钱，比什么都舒服。我笑了笑，想起从前他也炒股，亏多了时，连股票这个词都不想听，现在居然以炒股为业了。

我劝他还是要谨慎。他连连答应，谦虚的表情，无比真实。

表姐全力照顾小孩的饮食起居，表姐一门心思扑在孩子的学习上，陪着参加各种培训班、辅导班、网课之外，还四处找其他家长打探消息，看人家的孩子怎么学习，有什么升重点中学的门路。表姐夫劝了她多次，别这么内卷，可表姐就是听不进去。

"不是哥们儿吹的，我现在可无欲则刚了，是吧？"

"你哪无欲，见天不是盼着自己手里握的股票涨吗？"表姐没好气地说。

"我那几支，捡耳朵回来的，谁知涨高了，这是哥们儿手气好。"表姐夫不无得意地说，"你甭说，这股市就跟人生一样，你根本看不清楚方向，大概率上，跟着那些优秀的人走就得了。"

"关键还得看准哪些是优秀的人。"表姐插一句。

"这可难喽！"表姐夫拉长了音说，"我觉得自己够优秀的，谁知道现在是两袖空空呢。得嘞！不谈丧气的，我给你们做炸酱面，既然来了，就在我家里吃，尝尝我的手艺比过去长进了没有？"

我和杨雪燕点头，像看到了目标似的，微微一笑。

（原载《青年文学》2021 年第 12 期）

月光下的兔子

一

父亲离开的时候，看不出有一丝一毫的异常。

母亲点赞，给她比画了一个大拇指，夸她青出于蓝而胜于蓝，滑雪水平快超过她父亲了。她抿嘴一笑，心底也这么认为。父亲在滑雪场像一只猎豹，挥杖驰骋，东奔西突，快如闪电，动力十足；而自己则是一只翩翩起舞的蝴蝶，快活中不失优雅，身子一屈一伸之间，滑雪杖左右摆动，脚下长长的滑雪板如两扇翅膀，轻盈地在雪花中飘飞。

山峰甩到了身后，白云跟随起舞，风在耳边呼啸，卷起的雪花拍打着脸颊，她双目熠熠，浑身像干草样燃烧、卤汤样沸腾、宇宙样膨胀。她太喜欢这种自由驰骋的感觉了，天生我材必有用，天地任逍遥，天地一沙鸥……不管怎么想，滑雪、冲浪、跳伞、越野……每次全家人一道出游，她就请求去玩这种放飞自我的运动。冰天雪地，银装素裹，清凉的空气伴随着甜甜的后味，每张脸上洋溢着生命的活力。就连不喜欢运动的母亲，摔倒了一次又一次，每次摔得四仰八叉，半天才缓过劲儿来，但依然乐此不疲，龇牙咧嘴地笑着，翻转身子，使力站起来，拄着滑雪杖，蹒跚着，挪动着，手脚并用，往坡顶爬行，像只笨拙的大熊猫，不时又滚了下来，卷起纷纷扬扬的雪花，大喊大叫着让攒动的人流们避开。看着可逗了！

　　滑雪场在一座北方公园里，有各种冰雕、细长的桥梁和一排排戴着雪冠的参天大树，宛若童话王国。滑雪真好！滑雪场就是一张白色光滑的绸缎，任由你在上面摸爬、翻滚、跳跃，大喊大叫，张牙舞爪，把一切聒碎的心情倾洒出来。不管有多少不开心，它依然无限宽厚地容着你，等你带着掏空的身体，回到家里，重新生活。

　　意外往往发生在欢喜间，猝然降临。她父亲在前冲，她在后面追。全场人为他俩所吸引。她父亲纵身一跃，跳上一个独木桥，舒展着双臂借力凌空飞翔，在空中一个大翻转后着地时出了意外，一只鸟飞过，干扰了他的视线。伴随一声钝响，她父亲后脑勺着地，滚出了十几米。她以最快的速度滑过去时，她父亲只剩下最后一口气了："爸爸不行了，爸爸不想离开你，但没办法了，这个世界就是这样，你得忍受命运施加给你的痛击，你答应爸爸，要坚强活下去。"

她泪眼婆娑，点着头，想哭喊，却一点儿力气也没有。管理处派车把她父亲紧急送往附近医院。医生说人已经没了，可能在急剧运动中引发了冠心病，心原性猝死。

父亲的各项生命指标彻底消失了。要不然，到许多地方，王红丽就喜欢观测一家人的生命指标。她担心出事，但意外不期而至。

虽然医生对父亲猝死给出的理由冠冕堂皇，但曹秀娥凭自己在虚拟世界"桃花岛"中的经验，知道父亲的猝死，不是那么简单。一般而言，一个人在虚拟世界中要么没钱了，付不起费，最后期限一到，会突然间以猝死的形式离去，要么脑机接口的连接在现实物理世界中突然间被人掐断了，这样也会暴毙，真正在虚拟世界中被消灭肉体的可能性很小。这也意味着父亲在现实物理世界中遇到了极大的麻烦，才不得不这样死去。还有一种可能，是父亲厌倦了这个虚拟世界"桃花岛"里的一切，自我做了了断。问题是，这几天，她们一家欢声笑语，其乐融融，根本看不出有任何问题的苗头。

离去得如此决绝，让曹秀娥不知所措，或者说，一下子进入窒息的状态。

脑袋里如卤汤在扑哧扑哧沸腾，滚烫无比，似要喷薄而出。

身上却冷得像一团冰。心似乎也冻僵了，听不到任何跳动。

母亲使劲抱住她，让她不要伤心。她俯在母亲怀里，听到母亲心脏扑通扑通跳动，哭得更加难受。她张大眼问母亲，为什么是父亲猝死？父亲还能回来吗？

母亲摇摇头，无限爱怜地望着她，一字一字从牙缝里迸出来一样说，孩子，这个世界上的残酷，任何人都有可能遇到，没遇到，说明你命好。如果遇到了，那你一定要想到，这个世界上，有些人就是这么活的，像只蚂蚁，或者像只蚯蚓，飞蛾，屎壳郎，反正就活着，没有了父亲，你一定能活下去，好吗？

母亲似乎恨不得把空气撕碎，却又万念俱灰，感觉这话是在给自己打气。

二

曹秀娥关闭脑机接口，回到现实世界，望了望眼前阴暗、空荡、杂乱的房间，继续闭上眼赖在床上，陷入了对虚拟世界"桃花岛"的回忆中。

昨天、前天、先前天……在虚拟世界生活的每一天，她们一家人相约着，做一些开心的事。昨天是去郊游了。当时她左边是父亲，右边是母亲，她挽着父母的手臂，在桃花山的小石径中一跳一跳，像只快乐的猴子。大片大片的桃花绽放在身旁，风一吹，纷纷扬扬，飘满了全身，如在仙境。

"爸爸，我们去摘草莓吧，山坡上有好多草莓。我们做一罐草莓酱。"

"好，爸爸带你去摘。"

山坡上的草莓，大多掩藏在嫩绿扁长的草叶下面，这儿一颗，那儿几颗，星星点点，不好寻找。父亲跪在这块像绿地毯一样的草坡上，摘了一颗又一颗，突然发现了一颗大草莓，赶紧喊道："娥儿，快来，这里有一棵草莓，红艳艳的，可大了。"野生的草莓一般跟小拇指头那么大，曹秀娥跑过去，发现了草丛中有一颗草莓快赶上鹌鹑蛋那么大了。她欢呼一声，小心翼翼地扒开两边细长的青草，从根部轻轻一挑，摘断藤蔓，说："爸爸，这一颗你发现的，你来吃。"

　　父亲说："你妈在给咱们准备野营的饭菜呢，最辛苦了，咱们把这一颗装在盒子里，带过去，让你妈吃，好不好？"

　　"好，那我给你再找一颗又大又红的草莓。"曹秀娥朗声应道。

　　一片乌云飘过来，天空淅淅沥沥地掉下了雨点，打在脸上，冰凉冰凉的。

　　"呀，下雨了，咱们快下去，到帐篷里去。"父亲拉她。

　　曹秀娥的母亲在山坡根的小泉边上，搭起了一个结实又好看的五彩帐篷。曹秀娥钻进去时，一股鲜美的味道扑鼻而来。母亲正在用汽锅炉炖鱼汤。几条小鱼，也是刚才在小溪里钓到的。一见曹秀娥进来了，她母亲拉过毛巾，几下把她头上脸上的雨点擦干，说快来喝口热汤，驱驱寒，不然会着凉的。

　　"我不会着凉的，我不怕着凉，妈妈，你先吃颗草莓，最大的这一颗，这是爸爸在山坡上的一个旮旯里找到的，那块地方的青草可真茂盛，还有一大片一大片的荼蘼花，要不是爸爸眼尖，这颗草莓就找不到了。"曹秀娥竹筒倒豆子般开心地说。

"你爸真棒。"母亲揽过她，亲了亲她的额头，"等会儿让你爸吃鱼头。"

这时候，父亲也进来了，从车里提来了一块只需要加热一下的披萨，还有一包蜡烛，说咱们今晚在这里吃顿烛光草莓大餐。

外面雷电交加，片刻又转为斜风细雨，帐篷内温暖如春。三人吃完饭，曹秀娥感觉睡意上来了。她头枕在父亲的大腿上，小腿搭在母亲的大腿上，吃着零食，看着全息动画电影，不时透过帐篷的天窗，望着天空中闪烁的繁星，对父母说，"明天我们去滑雪好吗？"

"好啊，我知道有家滑雪场，在'梦幻冰雪王国'里，仿照丹麦童话搭建，买了门票就可以穿越进去。"

早上醒来，妈妈已经做好了早餐，三杯热牛奶，三块夹心面包，三个荷包蛋，三碟开胃菜。吃完后，她父亲说准备好去滑雪了吗？

"早好啦！"她撒娇说，"我和妈妈就等你说出发呢。"

"马上出发！"父亲大手一挥。

"桃花岛"与"梦幻冰雪王国"处于不同的虚拟世界，就像两个星球一样。关键词一设定，费用一缴清，系统自动切换到赶往"冰雪王国"的路上。一路上，稠密的雪花片片掉下，像从天往地上扯。车辆自动驾驶，一家三口在宽大的旅行车内玩纸牌游戏。她输了，给父母唱了一首《我还是从前那个少年》。声音清脆明亮，父母一起给她鼓掌。父母后来也输了，各唱了一首老歌，音调舒缓，让她倍感惬意。中间还玩了真心话大冒险。曹秀娥问父亲，我跟妈妈游泳时掉到海里了，你先救谁？父亲想都没想说救你。曹秀娥说谁更危险救谁，我会游泳呢。

到了滑雪场，天蓝气清，父亲带着她选滑雪板、给她穿滑雪服、戴头盔、告知她注意事项，显得那么有耐心，没有丝毫的异常。

那，父亲为何突然猝死呢？

三

她在梦中惊厥，缓过来后虚汗淋漓，耳鬓湿透了。一个陌生的电话打来，显示所属地为她所在大学的那座城市。她心里一惊，又出什么问题了？期末考试没过？年终考勤不达标？或者日复一日的各种健康表格调查？还是当地的营销团队推销房产？手机铃声响了一遍又一遍，像催命鬼一般。她社恐又犯了，头痛如锥子扎、刀子刻。她躲在被窝里哭泣，不敢看手机，觉得那是条嘶嘶鸣叫着的毒蛇。

奶奶做好了早餐，像往常一样，端到了她的房间，放在那张老旧的八仙桌上。

"囡囡，起床了！"

她蒙头不回话。

"囡囡，吃饭喽！"

她继续沉默，在黑暗的被子里听自己的心脏在嗵嗵跳动。

"囡囡，出去走走喽！"

她屏住呼吸，汗水涔涔，每根神经像琴弦一样绷得紧紧的。

"囡囡，奶奶出去干活了，饭在锅里，你热热吃！"

奶奶每天早上就对她说几句话。有时她会"嗯嗯"回复，有时当作没听到，不发只言片语。她"嗯"的时候，有时语气比较重，有时语气比较轻。她跟奶奶也没有多余的话。说多了，她自己觉得烦；不应一声呢，又觉得对不起奶奶，更烦。奶奶活了七十多岁了，苦了一辈子，长年的劳作，腰弯了，腿瘸了，累了一身病，还给她端吃端喝端屎端尿。奶奶的淋巴瘤疯长，成了一个葡萄状体，像个大口袋样吊在胸前，甩来甩去，看着非常吓人。奶奶每天佝偻着身子，用碘酒在胸前的大口袋上擦拭，等待着破裂。可事实上，这个东西还不断在化脓和腐烂，一屋子烂菜叶混杂着下水道的味道就是从她奶奶身上散发出来的，弥漫到每个角落，连老鼠洞都没放过。老鼠一只一只逃离了这个快要窒息的房间。她奶奶是活一天算一天。但这怪谁呢？谁让她生出那么一个活宝儿子？！曹秀娥内疚之意，往往跟这个山村的小雪一样一闪而过，更多的是无边无际的阴霾，像黑漆漆的液体一样浸泡着她。

奶奶根本搞不清楚自己的孙女到底怎么啦，一个好端端的人，怎么被鬼迷了心窍？这种魔障一阵接一阵的，时好时坏，不知道什么时候才有个尽头。奶奶只能小心翼翼地看孙女的脸色来照顾她。奶奶听不懂医生说的那些关于疾病的各种症状的解释术语，只能早晚暗中念经，祈求菩萨和各路神仙保佑，让孙女早日痊愈。

奶奶离开房间半天后，曹秀娥慢慢睁开了眼。她看到灰暗的天花板上，几缕蛛网甩来荡去。她意识到自己回到了现实世界。她家在南山半坡上，她住在二层阁楼。从窗外望出去，会看到大片大片的竹林，绵延的山峦，以及大清早氤氲升腾的雾气。鸡鸣狗吠，牛哞羊叫，青翠满目，花香袭人，山区的乡村是无比美丽的。但曹秀娥心思不在这里。她扫了一眼环绕自己周边的破旧家具，再看看院子里正佝偻着身躯、侍弄一畦小白菜的奶奶，咳嗽声像带血的旗帜，被撕成一块一块，不由得生出几许凉意。

她满脑子还是"桃花岛"里的那个父亲。

那个父亲，在曹秀娥看来，是全世界最好的父亲，像影片里的不少男主人公，高大而帅气，健谈而风趣，睿智而能干，温柔而细心，最关键的是，几乎能满足她的各种愿望。

但说没就没了，她上哪儿再找这么好的一个父亲？她心里冰凉冰凉，这时，手机又响了。

她惊恐地看了半天屏幕，才发现是现实世界中的爸爸——曹一德打来的电话。她接通了，曹一德着急地说，"娃儿，你在干吗？"

"我刚睡醒，你啥子事？"

"没得啥事，就问你睡得好不好？身体没啥子问题吧？"曹一德的声音火急火燎，似乎后面有人追赶着。

"好不好还不得过日子哦。"

她不喜欢这个现实里的爸爸，不想跟他说话，甚至仇恨，有一股报复的冲动。要不是她平时要通过脑机接口连网到"桃花岛"

虚拟世界里，充值续费得找这个爸爸要钱，她宁愿一辈子不跟他联系。她希望生命中没有他，如果时间能倒流，要是换个爸爸会怎么样？她怔怔地望着远方。她想起这些天在"桃花岛"虚拟世界里度过的幸福时光，不由得叹息了一声。

曹一德问她哪儿不舒服？她不回答，反问道：

"你在哪儿哦？这么吵！"

"在业主家里装窗户，搞电焊呢，啥子事？"曹一德这些年独自在城市里打拼，先后学了几门手艺，需要泥瓦工时当泥瓦工、需要电焊工时当电焊工、需要掏下水道时当清洁工，每年能赚个几万块，准备凑个三四十万的首付，在城里买套房。

"我要买一个学习软件，需要两千块。"

"啥子软件哦，恁个贵！你晓得爸爸一天干活辛苦不？"

"晓得晓得。其他同学都买了，就我没买。"

"行喽，大家都买了，你就买。我最近接了点活，赚了点钱。下班了我去银行给你卡号上打钱，我给你多打点，你节省着花，晓得不？奶奶身体好点没？"

"好不了，你记得打钱哦。"

挂了电话，曹秀娥一阵内疚。爸爸打工很辛苦，一滴汗摔了好几瓣，不容易。自己不该这么花钱，虚拟世界是假的，就是资本骗你钱的，现实世界才是真的！但这时候，有一个声音在她脑海里回荡，我为什么会这样？我为什么会比同龄人苦？我活在这个世界要干什么？这些问题一响起来，她脑袋里就跟一团蜜蜂飞舞一样，嗡嗡嗡嗡的，沉重无比。

　　她要不断给自己在"桃花岛"里的账号充值，才能体验这个虚拟世界带来的真实感，沉浸在其中，享受近乎完美的生活。虚拟世界因为技术加持后可触可感，一草一木，一举一动，几乎逼真，现实中人体五官能感受到的，里面的人物几乎都能感受到，同时可根据现实世界的个人形象或想象设定虚拟形象。"桃花岛"里，不同人物之间，相互能摸到对方的皮肤，听到、闻到对方的呼吸和气味，甚至还可以在亲吻中感觉到对方的口水。当然，这样美妙的虚拟世界不会白白搭建，进入这里的门票就是钱这个到哪儿都离不开的家伙。有钱人在虚拟世界里继续快活，穷光蛋会被虚拟世界清理出来，一旦她账号里的余额不足，就会在"桃花岛"里得上某种重病，提示她赶紧充值；一旦余额彻底为零，她会突然死去，在虚拟世界中彻底没了呼吸。要是那样，"桃花岛"中的父母会急坏的。现在看来，"桃花岛"中的父亲，先她一步，突然离开了虚拟世界，很可能跟账户中的余额不足有关。

　　"桃花岛"里的父亲，博学多才，睿智能干，在现实世界中应该不差钱才是。

　　当然，"桃花岛"里的父亲，肯定不是 AI 智能体合成出来的虚拟粒子人，如果是 AI 智能体制造出来的一个虚拟体，不可能暴毙。毕竟，她一直给"桃花岛"虚拟世界在付费。媒介平台为的是盈利，有必要让虚拟父亲生活着，以便从她身上赚取更多的费用。最关键的是，智能体的形象再怎么真实，那眼神中的温情与爱意，算法是很难计算出来并实施的。

"桃花岛"里是不允许虚拟人互相打听对方底细的，随机组合成各种关系之后，你只能做好自己设定的角色。无所不在的系统，对相互打听现实生活中的信息非常敏感，如果你告知另一个人你在现实物理空间中是哪国人，家住哪儿，多大岁数，家中有谁等，这些信息会被系统自动识别，一旦证据确凿，这个人会立即被赶出"桃花岛"。另外，一个 ID 只能在一个虚拟世界里有一个虚拟人物形象，不能重复使用。如果这个 ID 在这个虚拟世界中死亡了，意味着就被彻底注销了，下次登录，还得申请注册后用另一个 ID 进来，就是一个新的虚拟人，得重新建立新的社会关系。过去的一切，不可能存在，你也再难以建立。所以"桃花岛"中的每一个人不能死，一旦死去，意味着虚拟世界中你已经死了。死了，就跟现实世界中一样，消亡于无形之中。

这明摆着是"全景式监狱"，但"桃花岛"太迷人了，进来的人，任由系统对其监控，只要不泄露个人隐私就可以了。

这也是曹秀娥一直没敢打听"桃花岛"中的父母在现实中到底在哪儿、干什么的原因。

"桃花岛"中猝死的父亲，要么是没钱缴费而被系统设定为猝死、强行注销账号了，要么自己不想在虚拟世界中跟其他人继续生活了，自行注销了账号，还有一种可能，他的系统连接出现了巨大故障，需要申请修复。

曹秀娥盼望是最后一种，但又觉得这种可能性挺小的。

这个问题像一个可怕的怪兽，张开血盆大口，想要吞噬了她。她听到火车轰隆轰隆疾驰的声音，她觉得浑身的血液在凝结，又被沸腾。她知道自己该吃药了，不然，一个接一个的问题聚焦到一起，像漫无边际的黑暗一样，扑面压过来。她不敢回忆起那些不堪的往事。在轰隆隆的火车声中，她会自残，或者残害别人。这一点，她控制不住。她得赶紧吃药。

四

"囡囡——"

她听见了奶奶一声嘶哑的钝叫，她不想费力气，就没回应。她双眼大张，毫无神采，像是灵魂出窍后留下的空洞，脑海中有一团雾气在渐渐飘散。

她慢慢清醒过来，看到奶奶瘦小佝偻的身子，一瘸一拐地出了院门，随之，有两个老太太跟着奶奶进了院子。

院子的北墙根有一个钢架做成的兔笼，三个老太太围着兔笼，指指点点，还不忘朝阁楼上瞅几眼。

她后来才知道，兔笼里养着的两只白白胖胖的兔子消失不见了。那是自己非常喜爱的两只兔子，奶奶曾说要宰了过节，她差点跟奶奶翻脸。

院子的院墙不高，成年人可以轻松翻进来。但偷两只兔子，目的是什么？偷去吃还是偷去卖钱？两只兔子也就值一百来块，为何不偷一些比如手机、电视机等更值钱的东西？

"囡囡，囡囡，你的兔子不见了！"奶奶专门到阁楼上，告诉她这件事。

"咋不见了的？"

"被人偷的。"奶奶才发现，孙女的脸色跟地窖里的土豆长出来的从没见过阳光的新芽样异常苍白。她知道这两只兔子是孙女相依为命的宝贝，有些话她只跟兔子说。没了兔子，就跟失去了自己的手臂或其他器官一样。

"谁偷的呢？"

"昨晚前半夜我身子痛，犯病了，吃了止痛片，睡得死死的，没听见响动。"

她奶奶答不出来，有些愧疚。她看到孙女的床头柜上放着一把菜刀。因为没开灯，早上她没注意到。这时候，发现菜刀在光线下幽幽诉说什么。奶奶过去一把拉过菜刀，惊恐地看了一眼孙女下楼了。曹秀娥后来发现，房间内所有的刀具什么的，不知藏到哪儿去了。

奶奶一如既往地佝偻着身子，沉默得像堵土墙，跟往常一样去田里锄草。

曹秀娥起床后，到兔笼前仔细观察了一番，她发现笼子完好无损，兔子却看不见了，很有可能是有人翻墙进来，把兔子提走，然后把笼子反锁上的。这是谁干的呢？偷两只兔子，能卖几个钱呢？村里这两年很少听到小偷小摸的事了。

吃完早餐，她继续睡觉，醒来时已经是下午三点多了。她看了会儿电视，浏览了一会儿自己的社交媒体圈，看到楼下的小狗独自在舔舐自己的小腿、屁股和身下，便用手机拍了几张图片，上传到朋友圈。奶奶回来了，将不知什么时候做好的晚饭，端到了房间里。她扒拉了几口，躺在床上，启动身体内植入的芯片设备，将脑机接口一连，进入了"桃花岛"。

在"桃花岛"里，她永远是一个长不大的孩子。虚拟世界的父母，她提出任何一个请求，只要在合理范围，都会竭尽全力满足她。满足不了的，就会讲道理。她是一个喜欢听道理的小孩。讲道理，让她觉得自己不再是一个小孩，而是一个大人。实际上，她明知道自己是个大人。但她很享受当小孩的感觉。

最近一段时间，她提过不少要求，比如去爬冰瀑，她不知道从哪儿看到这个新词，父亲想也没想就答应了，并为此购买了设备，做了充分准备。系统通过 AI 技术、3D 动画技术加遥感测绘技术等，制作出了这样一座巍然耸立的带有冰瀑的山峦来。冰瀑挂在山涧，像一大块白丝绸吊挂在半山腰，更像是倾倒堆积后形成的盐山，亮晶晶的，蔚为壮观。父亲说，攀冰瀑，最好用冰抓。父亲戴好冰抓，几下子爬上去，从瀑布顶端望着白花花的阳光，让她上来。她戴上冰抓，开始攀冰，她手臂上力小，冰抓抓在冰上，只在表层上，抓不牢，一遍又一遍，她攀到一半又掉了下去。她希望父亲拉她上去。父亲笑笑说，攀冰就是考验意志，加油！她意识到，父亲不会帮她，只能靠自己时，才发现自己小小的身躯内蕴藏着极大的能量。她用力敲击冰瀑表面，一下下、一步步，抓牢了，竟然爬上去了。爬到峰顶，阳光普照，一览众山小不说，那四面的美景，绿的绿，红的红，蓝的蓝，色彩缤纷，美轮美奂，几乎是仙境了。她才意识到，哪怕是寒冬凛冽，峰顶的美，永远是说不出的，只有亲身经历了才能体会到。父亲很欣慰，搂着她说，这么一条冰瀑，对你这个年龄段的孩子来说，爬上爬下其实不算什么，就看你有没有胆量去挑战它，战胜它。

"桃花岛"里的父亲鼓励她战胜一切。

她不敢去原始森林，父母特意带她去，而且陪她露营。天快黑了，她去找燃篝火的木柴时，碰上了一只大狗熊。那是一只比她父亲还高、还壮、龇着牙咧着嘴、喉咙里还吼叫着的大狗熊。她听说过，见了狗熊不能跑，狗熊跑起来比人还快，能从后面追上来，一巴掌会把人拍扁。这里怎么会有这种可怕的大怪兽呢？她吓得几乎把手里的木棒插入自己的胸膛。但事实上，极度的恐惧和求生欲望，让她选择了另外一种方式。她像一尊石雕，静静地与狗熊对峙。这是母亲给她讲故事书时讲到过的，见到狗熊，一定不要跑；熊奔跑的速度很快，连奥运冠军博尔特都跑不过，最好就是静止不动，或躺下装死，然后看狗熊的动静。这只狗熊来到她前面，呼着气，耳朵后翻，背颈上的毛竖起来了。她惊惶万分，避免和熊正眼相对，同时又飘动眼神，寻找逃离途径。这时候，远处传来一阵动静。熊转过头察看后方。她慢慢倒退。约莫五分钟后，大狗熊掉头循声离开，她才听到远方父母在大喊。

她扑到父母怀里号啕大哭。父亲表扬她，说她做得好，面对极度危险时，要想办法自己解决问题，不要一味指望别人来解救你。她泪眼婆娑，想不通虚拟世界中怎么会有这么可怕的动物。

父亲还带着她穿越过一次沙漠，训练她的体能和毅力。沙漠里没水，徒步到沙漠深处，他俩走迷路了。水喝完了，为了不渴死，各自喝尿求生。第二天醒来后，他们昏昏沉沉地走，终于发现了一棵小草芽。他父亲说，这里有水，要挖下去。她心想这么一根刚露出点头的小草下面怎能有水呢？赶紧找出路要紧。但父亲坚持往下挖。她就在旁边看，她没想到，沙漠里一棵草的根须有那么深。父亲用手臂掏呀掏，差不多掏了一米深，把草根全挖出来了。草根上有点湿意，父亲让她全吃下去。再后来，又掏深了些许，能感觉出沙子有点湿，再掏了一米多，沙子捏住后，能渗出一些水滴。就这样，一滴滴的水滴进水壶里，让她喝了下去。她看着晒得黝黑的父亲，嘴皮一片片干裂了，忍不住抱着他痛哭起来。关键时刻，父亲把一切能生还下去的机会让给了她。她心想，这个世界上，只有父母对子女的爱，是完全给予的。父亲让她保持水分，不要哭，想办法求救。在系统探测到危险后，救援直升机来了，父亲奄奄一息，拉着她的手说，这个世界，总会给你一次出其不意的痛击，爸爸不能在这个世界上永远陪你，你要坚强地活下去，这个世界就是这样，不完美，没有谁一直开心到最后，但天无绝人之路，任何时候都不能放弃对生的希望。

没想到，这样一个好父亲，却在滑雪的过程中意外猝死。

她本来不想再踏入"桃花岛"的，可抑制不住，还是连接进入了"桃花岛"，想看看奇迹会不会发生，父亲是否能死而复生，一家人能否跟以前一样欢聚。但是没有，里面只有悲悲戚戚的母亲。父亲已经被火化了，骨灰撒入了大海。母亲站在院子里，穿一身唐装，高挽着发髻，失魂落魄，孤魂野鬼似的。茫然地看着"桃花岛"里一家三口散养的两只兔子，愣怔着，似乎不认识一样。

　　这两只兔子是她母亲买来给曹秀娥养的。曹秀娥没把兔子关在笼子里，而是让兔子满院子随意跑动，有时还跑到房间里来。父亲在时，经常陪她一起给兔子喂胡萝卜，逗兔子玩耍。当然，有机器管家在，兔子是跑不远的。

　　看到曹秀娥出现了，母亲回过神来，叹了口气，开始给兔子喂料。

　　"我还要约你去跳伞呢，我还要和你去冲浪呢——"曹秀娥在父亲的卧室里哭得声嘶力竭，天地颤动。黑云起，大风漫灌，"桃花岛"里天昏地暗，花瓣纷纷飘落。

五

　　虚拟父亲的猝死，让曹秀娥彻底陷入了混乱。她就觉得，当年现实世界中，父母离婚的那段经历，又重演了。

　　她站到高处，就想往下跳；看到湖面，就想往深处走；看到一块大石头，就想用脑袋撞；看到刀子，就想能不能割腕；看到日落，就想到无穷无尽的黑暗要到来了……

但"桃花岛"里的父亲说过，任何困难，都是对你的考验，你唯有坚强，困难才会给你让路，你才会看到一条光明大道。

"桃花岛"里的父亲猝死，难道是对自己的考验吗？

自己该怎么坚强地活着呢？

她六岁的时候，父母成天吵架，从早吵到晚，一见面就吵。她躲进房间，堵上耳朵，依然觉得四周都在摔盘子砸锅碗瓢盆，嗡嗡嗡嗡吵个不休。她忍受不了，偷偷离家出走。没想到，出了村口，走了一阵子，又渴又饿，一个人坐在路边哭啼。爸爸把她抱回来后，她只说了一句，你俩要是再吵，我还要离家出走。

离家出走是她从电视上学的。

爸妈表面上不吵了，但冷战如海面下的坚冰，坚硬到不可想象。没过几年，实在过不下去了，爸妈暗中离了婚，先后出去打工，到了不同的城市。

她就跟爷爷奶奶过。

不到两年，爷爷在一场疾病中身亡。爷爷是高血压导致的血管爆裂，有些人说是气死的，当然给爷爷受气的，也只有她爸爸。爷爷去世时她已经十二岁了。爸妈赶回来时，她已经哭晕了几次。亲友们都说这孩子孝顺，重情。

丧礼过后，人去楼空，家里冷清异常。奶奶变得沉默寡言，将一日三餐给她做好，就一个人干活，像个机器人一样，从不让自己歇息一会儿。她不知道爸妈已经离婚了，还想着让爸妈多陪陪她。但爸妈以各自的理由很快离开了村子。好几个春节，她想一家人吃个团圆饭，但爸妈没有回来，只是通过邮局寄了些钱和礼物来。村里好多人家的爸妈都是这样，她并没有觉得异常。

到了高一，有一天，同年级一个男生见到她，突兀地说，我妈妈不想嫁给你爸，因为你是个拖油瓶，还有你奶奶，老不死的拖油瓶。

她当时张大嘴，没能理解这个瘦高的脸上长满疙里疙瘩的青春痘的男生到底想说什么，回到家后，她想了半天，才明白过来，事情恐怕没那么简单。在她哭诉逼问之下，奶奶、爸妈承认了已离婚五年多的事实。

全家人，只有自己蒙在鼓里。

本想让她考上大学之后，再告知这件事的。

不仅如此，后来，在一次课间，她不小心撞上了一位女同学。这位女同学满脸不高兴，和她厮打起来，还骂她是有娘养没娘教的野种！这句话深深刺痛了曹秀娥。班里面单亲家庭的学生不少，但公然如此被辱骂的却只有她。曹秀娥抡起胳膊扇对方脸庞，对方狠狠还击。两个女生在一片哄闹声中你撕我扯，在楼道里翻来滚去，打得惊心动魄。旁边的同学，劝了好长时间才将她俩分开。

曹秀娥回到家，不吃不喝，躺在床上望着天花板，"有娘养没娘教的野种"这一句话像千万条鞭子，无休止地抽打在她心上。奶奶回来了，见她失魂落魄的样子，以为她感冒了，摸摸她的额头，又不像发烧的样子，于是做好饭菜，叫她吃饭。她迷迷瞪瞪站起来，跟丢了魂似的，米饭被一筷子一筷子拨到碗外面了，她根本没意识到。奶奶沉下满脸皱褶的脸说，我一个老婆子，累一天了，回到家还要给你做饭，洗这洗那的，你还这副脸色，给谁使脸色呢？我做的饭不好吃，你叫你娘来给你做啊！你那个娘，只生不养，也亏了她，还打电话来说想你想得睡不着呢……

曹秀娥突然将碗扣在饭桌上，站起身，一脚踢倒了凳子，掉头冲出门外。奶奶目瞪口呆，无可奈何地尴笑里，有一种痉挛般的疼痛。

曹秀娥半夜才从江边回来，她生病了。烧到了四十度，胡话连连，病情凶险。

奶奶以为孩子遇上了不干净的东西，请来一个道士，又是作法，又是画符，折腾了一宿，没有效果。第二天，曹秀娥继续昏睡，叫她去医院，她也不去。后来经过各种方法，烧是降下去了，但这个孩子被烧哑了一样，什么话都不说。直接的变化，就是暴饮暴食，身体明显肥胖了许多，像一个不断充气的大皮球，连翻身都变得有些困难。

高中女生这个样子，走大街上会不会被别人笑话？她心里没底，更担心被男生们嘲笑，不仅嘲笑她的外观，还嘲笑她家庭的解体。她请假在家，每天躺在床上，一动不动，吃饭都没了心思，翻来覆去想，为何会这样。她头疼脑胀，感觉钻进了什么东西。这种感觉以前也有，去医院做脑部 CT，也没看出什么来。医生给她把脉，翻开眼睑用手电筒照射瞳孔，让她咳嗽，用听诊器听，一番操作下来，医生诊断说，她是重度抑郁双相情感障碍，这种病一旦得上，就不好根治，只有百分之十的患者，会通过自我人格完善来治愈，更多的患者，只能通过药物来控制病情。她沮丧地意识到自己病了，明白自己的病需要通过心理层面的克服与完善。为了不在无意识中自残或伤人，她在医生嘱托下，口服一种叫西比灵的药，也叫氟桂利嗪胶囊，有一定效果，比如睡眠好一些了，头不疼了，但情绪依然如风中飘摇的一片叶子，混杂着各种冷意。

她把自己浸泡在苦涩中。

她像一只刺猬，随时会拿开身子；更多的时候，像一只透明的虫子，稍微一触碰，就会把自己包裹在壳里，不言不语。

在她刚发病时，爸爸进了监狱，在高墙里待了三年。虽然多年之后，爸爸说要谢谢抓他进去的警察们，到监狱里还学了些技能，要不然，说不定早就躺在地上了，那些年打打杀杀的，最后活下来的没几个，可她心想，那三年她多需要爸爸陪在身边啊！她觉得自己能够活下来，十分不容易。

她学习成绩一落千丈。靠着以前的底子，勉强考上了大学，读着自己并不喜欢的专业。

大学里，她在心理筛查中被认定为一级心理关注对象。老师、同学们经常劝告她，对生活要充满激情，充满希望，积极创造美好的生活。但她不能。她那么喜欢幸福，却怎么也抓不到幸福，就跟抓不到自己的影子一样，一离开药物的支持，就立即想离开这个世界。

她觉得特别自卑，觉得自己是多余的。世界崩塌了，自己掉入了深渊。她也知道，在这个世界上，自己其实不算最差的，还有那些孤儿呢，那些智障孩子呢，那些饱受饥饿的孩子们呢。自己的爸爸妈妈只不过是离婚了，但她看到的是黑暗，黑暗，漫无边际的黑暗。她想从这样的黑暗中走出来，为此尝试了多种方法，但困难重重。

爸爸四处打工，奶奶起早贪黑，忙家里的庄稼。妈妈过一段时间会过来看看她，给她带来一堆好吃的，临走时还给她塞不少零花钱。

就这样过了几年。

大二时，恋爱表白被拒后，她情绪一度崩溃，加上自己平时吃的药，老家那边没有及时寄过来，她的精神疾病复发，出现了自残和伤人。虽然她觉得自己好端端的，可事实上，她把所有的微信好友删除了，她把室友的暖瓶扔到了窗外，还一个人孤零零坐在湖边，随时有掉下去的可能。可她觉得自己什么都没做。但微信里空空的好友名录，还有那个男孩见到她时的表情，让她疑心自己是做了一些什么。她百思不得其解，同学们议论说她精神有问题，她心想，现代人哪一个或多或少没有精神问题呢？尼采、贝多芬、凡·高、牛顿、海明威，这些天才们，谁没有一些精神方面的问题？谁没想过自杀？谁没狂躁过？谁没砸过东西搞过破坏？话虽如此，她还是被辅导员和另外一名女同学护送回家了。爸妈陪了她半年后，各自去打拼自己的生活。她又和奶奶一起生活。

整个村子里，能聊的也就是高中同学齐宇轩了。齐宇轩没考上大学，在村子里承包了一个鱼塘养鱼。他隔三岔五会给她送来一两条鲜鱼，说是刚打上来的。他也会陪她聊聊天，说些生活的艰辛，同时信誓旦旦地表明自己未来会努力成为什么样的人。他挺羡慕她大学生身份的，同时他希望她能自强，休养好身心，抓紧把大学读完。从他的眼光中，她感觉到他对自己有那么点意思，不仅仅是讨好，还有点想亲近。

有一天，她去给齐宇轩送一本小说《罪与罚》，到他家门口时，听到他父亲提着铁锨把怒气冲冲地责骂齐宇轩："你这个孽障，一天跑去看一个神经病，我看你瓜娃子就是神经病！"

她心灰意冷。回到家，蒙头睡了一觉，再也不理齐宇轩了。齐宇轩送来的鱼，她直接扔到大门口，任流浪猫叼走。几次过后，齐宇轩也不来了。她继续跟奶奶一起生活。这时候，随着元宇宙等平台的搭建，她发现了"桃花岛"这方虚拟世界。在虚拟世界中，找到了让她难以忘怀的虚拟家人。

她精神好多了，白天晚上泡在虚拟世界里。

在"桃花岛"生活后，她在现实世界里哪怕不吃药，也能平静地度过一天。

虚拟世界太快乐了。那个世界里，什么也不用操心，什么都有人帮你打理，一切处在祥和洁净的氛围中，没那么多腌臜龌龊的事情，不需要钩心斗角，更不需要劳心劳力。"桃花岛"里的父亲是那么博学，那么亲切，那么喜欢和她玩，每天都想着给她提供不一样的惊喜。她觉得如果有一台机器，能在现实物理世界里，源源不断地输送给她身体上所需要的营养，让她一直生活在真实感无比强烈的"桃花岛"里，她一定会乐意的，会一直沉浸在那里，忘记现实世界。

但"桃花岛"的父亲说，你怎么知道虚拟世界是假的，现实世界是真的呢？说不定现实世界也是庞大的巨型量子计算机造出来的呢，真真假假，就看你怎么看了。

六

"桃花岛"的父亲离开的第二天，她现实物理世界里的妈妈赶来了。一进门，给她堆了一桌子的零食。她对零食并没有太大的兴趣。她更希望独自静一会儿，但她又害怕一个人的世界，怕往自己手腕处割上一刀，或者试探中弄瞎自己的双眼，冲到山崖上一跳了之。妈妈也怕她出现这样的状况，各种嘘寒问暖，同时又各种警惕，来保护她。她微微感动，妈妈居然在这个节骨眼上赶来了，在她最无助的时刻。

她见到妈妈走进房间时，眼神渐渐清亮过来，似乎送了一个魔鬼远去。她问妈妈，你怎么来了，有什么事？

没事就不能来看你了？

我好着呢。

好什么好！你看你这脸色，跟片白纸差不多。

你别管我。

你是我身上掉下来的一块肉。我不管你，谁来管你？

你放心，死不了。

你这两天没吃药吗？

没吃，我觉得我这段时间好了。

曹秀娥说完，不作声了。这个病，她也清楚，犯的时候自己不知道，而且觉得自己一直好着呢。

妈妈问她想吃点什么，她摇摇头说，一点胃口都没有。妈妈说，要不要出去旅游，比如到三亚的海边吹吹风，放松一下心情？

她哪儿都不想去，仿佛全身的筋被抽走了一样，人懒得不想动。

妈妈给她做了一桌丰盛的饭菜，有她爱吃的手撕包菜、麻婆豆腐、鲫鱼汤、鱼香茄子等。她没有多少胃口，吃了几口，就扔下了筷子。妈妈和奶奶爱怜地看着她，不知道怎么劝慰好，说多了怕她烦，不断给她夹菜也怕她烦，只好闷着头吃了几口菜，便收拾了锅碗瓢盆，说带她去看龙舟。过几天有赛龙舟的比赛，咱们去瞅看热闹。

她摇摇头，低声说不去。

她上了自己的阁楼，望着窗外，发了半天呆。村子的广场上，好多小孩在打篮球、踢足球、玩滑板。她多么羡慕那些开心欢笑的孩子们，那些幸福成长的孩子们，那些在爸爸妈妈怀里撒娇的孩子们，虽然每个孩子会有每个孩子的烦恼和忧愁，但肯定没她的浓重。对她而言，眼前立有一堵墙，她穿不过去，又担心倒下来，把她压在下面，压成肉饼。

她蒙头睡觉，做各种梦，但所有的梦境都是那么混乱、可怕。她想让自己稍微轻松一些，但在睡梦中也不能够，感觉有一只在她脑海里，安静地蜷缩着的兔子，突然被惊吓到了，奔跑起来，左冲右突，不断拉扯她的神经。

她虚汗淋漓。

妈妈坐在床头，摸着她的头发，捂着她的额头说，囡囡，妈妈对不起你。

你早干吗去了？她闭着眼睛怼了一句。

妈妈握着她的手啜泣，自语说，囡囡，你要好过来。

曹秀娥说，我咋了吗？

妈妈说，囡囡乖，咱们跟奶奶到田里拔萝卜走。

她一肚子火说，我还有那么多作业还没做呢。

那你做吧，我不打扰你了。

妈妈出了房间。她睡了一阵，睡不着，坐起来，拿了一本小说《被侮辱与被损害的人》，里面的男女主人公很快哭哭啼啼的，她看得头昏脑涨，不由发起呆来。

夕阳西下，天渐渐暗下来，一切影影绰绰的，她下意识地连通脑机接口，进入"桃花岛"虚拟世界里。

这片虚拟世界的天还没亮，明月高照，万物寂寂。她在自家的别墅卧室里起床，发现虚拟的母亲还在睡觉。她简单梳洗，在"桃花岛"上转了一圈，忍不住来到海边。海风强劲，海潮轰鸣，她眺望远方，闪烁的星火隐入无边无际的黑暗，难以找到一个明晰的方向。

人生如此不堪，虚拟时空也充满各种莫测，那么到底哪儿才有完美的世界？难道，接受不完美就是人活着的真谛？

她在海边一直等着天际放亮，等一切人和物活泛起来后，才慢慢地折回家。"桃花岛"上有上百户人家，各种生活和娱乐设施。她们在"桃花岛"购买了一栋欧式的小别墅，门前有高大的银杏树，大片的草坪修剪得无比齐整。她们一家三口经常在草坪上开 party，周围好多邻居都来过。这里的邻居们特别和善，老远就开心地咧嘴打招呼。往日的画面充塞脑海，她几次有一种错觉，父亲并没有离开，等一下会看到他起床后挥动剪刀修整草坪。

回到别墅，还好，母亲醒来了，见了她，惺忪的眼神里透露着某种不耐烦。

"你怎么来了？你来做什么？"

"我准备给父亲过个'头七'，过完，我就不再来这里了。"

"有没有你父亲，这里还是你的家，如果你觉得需要的话。"母亲顿了顿，认真地看了她半晌说，"认清吧，现实和虚拟世界都有不如意的事，这或许不是什么坏事，如果你早点认清的话。"

这话似乎是给自己说的，那么无力、悲哀。

"不，我想过开心的日子，不管在哪里。"曹秀娥盯着母亲。

"这不是你说了算。你好好纪念吧。如果你要离开这个家，我也得离开了。"母亲如霜打的茄子样，蔫蔫的。看得出，她也不想让这个虚拟的家庭破散。

她在每一个房间待了许久。里面有太多自己和父亲、母亲的回忆。她在这儿躺躺，那儿摸摸，母亲叫她来吃饭，她也充耳不闻。不知不觉中，一天过去了，天快要黑了，她得睡觉了，得返回现实世界了。

这时候，她听到窗外兔子在扒拉着窗台。兔子可能在找吃的。父亲一离开，她和母亲陷于沉痛之中，没有给兔子喂吃的。这是两只体形上不会长大的兔子，红红的眼睛，圆圆的眼球，竖立的耳朵，似乎总防备着什么似的，担心世界对她有所伤害。这两只兔子是母亲给她买的，后来熟了，见到家里人来，还会站起来打招呼。它俩喜欢吃胡萝卜、苜蓿草、燕麦草、南瓜、菠菜、白菜等。她给兔子在地窖了屯了不少，每天会取出来放到它俩的食槽里。这几天忘记喂了。看样子她还得来"桃花岛"，还要不间断地给它俩喂香蕉、苹果、草莓等水果。每天吃不到水果，兔子也会着急地扒窗户，闹腾着出来呢。

她走进地窖，把剩下的胡萝卜、苜蓿草等抱出来，塞进了兔笼里，心想是不是把这两只兔子送给邻居家，从此跟这个虚拟世界一了百了呢？她舍不得这两只兔子，恨不得能把它们带到现实世界里。但想想人各有命，兔子也应该有兔子的命，心里舒服了一些。

"妈，你是 AI 智能人，还是线下的活人？"她跟母亲告别时突然问。这样的问话，很容易被系统察觉，注销她账号的。她不在乎，这次离开后，她再也不愿意登录这个"桃花岛"的虚拟空间了。如果母亲在现实世界有肉身，她想的是，现实世界里我来给你做女儿吧，我给你养老送终！

"孩子，如果我们有缘，不管这个世界还是那个世界，我们还会再见的。"母亲心神不定，答非所问，感觉比她还要凄惶。

"我不想来这个地方了。"她挥手作别，开始奔跑，一口气往海边跑。海水阻拦着她的跑动，她一头扎了进去，任由身体像一块石头沉了下去。咸咸的海水灌进了她口耳，她不在乎，继续憋着气往下沉。她感觉到自己嘴里涌进了很多海水，像泥鳅一样往喉咙里钻。她吐不出去，只好呛了几大口，刚闭上嘴，一个浪把她打到更深处。海水从四面八方向耳鼻口中逼压进去。她心里轻轻说了声，再见了，桃花岛！这时，海水咕隆咕隆涌进肚子里。她没办法呼吸，快要窒息了，这种感觉特别难受，她挣扎着，扭动着身躯，想摆脱这种感觉。隐约中，母亲潜到了海底，拼命拉她。还有几个人也跟着潜入进来，像抓犯人一样，抓牢了她的双臂，夹持着，把她提上了岸。她晕过去了。

她似乎看到"桃花岛"的父亲笼罩着光芒，出现在眼前，严肃地对她说："生既是死，死也是生，死后的世界你一无所知，你在虚拟世界里死了，现实世界里活着，你在现实世界里死了，还说不定会在另外一个世界里活着。没必要刻意去死，想想怎么活着。"

七

去妈妈再婚的家里博取同情，还是去爸爸打工的城市里体验生活？她权衡后发现都差不多，不过都是看人脸色。妈妈已经再婚了，丈夫是个杂货店老板，生意还不错，生了一个小弟弟，胖墩墩的，有六岁多。妈妈经常在朋友圈发布这个弟弟的视频，一个活泼的、可爱的、幸福的孩子。有时候，孩子的爸爸也在视频里出现，脑袋大，眯眯眼，看上去憨厚、老实，是乐于为家庭付出的那种人。在陪她的日子里，妈妈经常跟那个弟弟视频通话。妈妈接通那个胖弟弟的视频后，从头到脚，每个细胞都透露着喜悦和开心。为了避免她看到这一幕后受到刺激，妈妈常到另一房间去接视频。她从隐约传来的声音中，能听得出，妈妈对弟弟有多关心。

这时候，她去妈妈的新家里，算什么？分一杯母爱之羹？

还是去爸爸那儿吧。毕竟爸爸只有她一个女儿。

在妈妈的撺掇下，曹秀娥踏上了寻父之旅。妈妈决定陪她一起去找打工的爸爸。他们坐的是火车软卧，没买到硬卧票，卧铺厢里就她们母女俩。路上闲聊中妈妈认真地告诉她，为何当时要离婚，离婚后到底发生了些什么。

曹秀娥母亲叫王红丽。二十岁生日刚过，王红丽发现自己怀孕了，丈夫曹一德却在外面花天酒地，夜夜不归。她一闺蜜私下里说，她丈夫带着另外一个女子，在县城的歌厅里鬼混呢。那女的妖里妖气，一看不是什么好东西。

王红丽听了憋气，忍不住，不听公公婆婆的劝，挺个大肚子去找。找到之后又能怎样，她根本没想过。

王红丽跟曹一德是打工中相识的。当时，她们几个姐妹从美容美发厅里出来，相约在一餐厅聚餐，嘻嘻哈哈的，欢快说笑。旁边几个男顾客不时往她们这边瞟过来，交头接耳。后来，有一个胆大的，过来找她们要电话号码，约她们去KTV唱歌。她当时想，我们这么多人呢，光天化日之下，又能咋的？于是一伙人浩浩荡荡进了KTV，声嘶力竭地唱歌，玩"真心话大冒险"的游戏，在游戏的驱使下有意无意地了解对方，乃至暗送秋波。整体上说，那天玩得十分尽心。

后来多次回想起来，王红丽非常确定，她当时看上的不是她后来的丈夫。曹一德个头不高，眼睛老眯着，鼻子不棱，长得不怎么样，头发还弄得挺长，痞里痞气中有点蠢笨的感觉。但不知道为什么，后来群魔乱舞，一对一、面对面时，她发现自己下手迟了，看顺眼的，基本上让姐妹们抢光了。姐妹们挑剩下的，她看不上。一曲下来，她想回到租住的房间里。曹一德殷勤地说，我送你去。她扫了一眼周围，没有姐妹关心她，大家玩得特别开心，根本不接她不愉快的茬儿，深更半夜的出去，还得注意点，没办法，她只好让他送她回去。没想到，一路上这个人热情万分，怕她着凉，脱下外套给她，怕她被车剐蹭，自己走在里面，见到路边小摊上的小吃，给她买这个买那个。她开怀大笑的时候，这个人无耻地抱住她，重重亲了她一口。

她愣了，又羞又气，黑乎乎的大街上，打呢？骂呢？还是让他滚呢？好些人看着她，以为她俩是热恋的情侣。

那时候她刚到城里来打工，不晓得遇事要报警，更不知被突袭之后如何反应。她愣了片刻，狠狠瞪了他一眼，一个人赌气往前走。他不远不近地跟着，还举着两串冰糖葫芦。她没回头，可感觉到后面那双细小的眼睛中，发出来的光亮一直聚焦在她身上。她走了一阵子，有点迷路，找不到租住的地方。她想打车走，又心疼钱。当时对她而言，打车还是奢侈的。这时候一辆出租车停在她面前。他跑过来给她拉开了门，让她坐进去，然后又跟着坐上来给司机师傅说，去新南门。她刚才给他说过她住的地方。当着生人的面，她不好发脾气。她别过头，看着窗外的夜色，阑珊的灯火，心里一阵阵不痛快，又有一些新奇，想这家伙接下来怎么涎着脸赔礼道歉呢。他俩到了地方，他付了钱，送她上了楼，边走边说，我再也不敢了。你一个人敢睡不？要不要我陪你等等她们回来？她心想，到了自己的房间了还害怕什么，于是进了门，"嗵"的关上了门。

等那帮姐妹们又唱又跳着回来时，他在门口等着睡着了。大家问他为什么不进去坐？他说进去不方便。大家问他干吗守在门口？他说他担心她一个人害怕。这把大家给说笑了。说她胆子大着呢，没把你吃了，你应该幸运才是。

就不知怎么的，莫名其妙的，大家开始撮合起他俩了，都觉得他人不错，她应该考虑考虑。曹一德也来得勤，动不动给她送来一些小礼物，明摆着是在追求她。她不答应，因为没有看上。但一个大姑娘家的，有人关心，又拒绝不了，只好在窃喜中接受这份好感。就这样纠缠着，有一个晚上，其他人出去看电影了，她来大姨妈了，不舒服，待在家里。他刚好送了几斤新上市的荔枝，一看她脸色那么差，三下五除二，给她做了顿热饭，炖了几块鸡肉。一起吃完喝完后，她面色稍缓。他提出了要跟她结婚的打算，并说要给多少多少彩礼等。她觉得这个人真是癞蛤蟆吃天鹅，不自量力，但又不好直接打击他，就说不可能，家里不同意，两家在不同省份，离得太远了。没想到这个人不气馁，有韧劲，想继续跟她磨，还动不动亲一下或摸一下。她恼怒万分，但不知怎的，还是没有断绝这份关系。后来，她喜欢上了一个高大帅气又有钱的男人。这个男人是她所在的美容美发店的顾客，在她这里办了一张三万块的贵宾卡，她提成三千。那个男人不时约她出来吃大餐，很快在一次醉酒之后，带她到宾馆开了房，跟她有了关系。当然这注定是没有结果的恋情，如果算是恋情的话。因为那个男的后来说有家室，她可以做"小三"。她不同意，那男人毫不客气地抛弃了她，连一分钱的补偿都没有。她失恋后，得了一场病，整天发烧，谵语不断。这时候，他听说了，又来细心照顾。终于有一天，她俩单独相处时，她觉得他也怪可怜的，也挺好的，把身子给了他，并同意结婚。

回想起来，她走的路和当时众多年轻打工女子走的路一样，上当受骗后，割断了对城里貌似优秀的男人们不切实际的幻想，然后同意嫁给农村出来的打工男子。

婚后不久就有了曹秀娥。男人外出打工，女人在家抚养孩子。她有点不甘心，又听说他在鬼混，一气之下去找他，并打算离婚。

那时候的年轻人，结婚快不说，动不动提出离婚，有点赶时髦。想起来，那么多年轻人一下涌入城里，在思想上有不少的波动与狂躁，更多的是孤独与失落，回了家，结了婚，又发现城市里那些大街小巷充斥着梦想与欲望，像街边的路灯在招摇。

考虑到女儿，王红丽一忍再忍，但多年之后发现，不离婚，这一条道就走不下去。考虑到女儿的感受，她选择偷偷离婚。女儿只知道父母跟同村孩子的其他父母一样，出去打工了，并不知道父母已分道扬镳。可天下没有不透风的墙，等曹秀娥发现父母离婚后，她莫名地哭泣，摔东西，家里的锅碗瓢盆说砸就砸，跟疯了一样大喊大叫，狂躁不已，疲乏了，要么沉沉睡去，要么一个劲地痉挛。这是令人奇异的事。瓶瓶罐罐全砸完了，没砸光的，担心她被玻璃碴割伤，奶奶一个个收起来了。家里的塑料杯子，软塌塌的，她砸着没劲，就想割腕，自残。或者用头撞墙，掀桌子踢凳子，眼前所见，似乎皆是仇敌。

没办法，就往医院送。县城医院认为，这孩子精神出了问题，得往精神病医院送。省城的一家三级乙等安康专科医院，有全省著名的身心科。这个名称听着好听，其实就是精神病科。奶奶带她到这个医院里一检查，发现是双相情感障碍，非常严重。抑郁与狂躁并存，交替发作。曹秀娥那时其实挺懂事，清醒时说，奶奶别怕，我就是精神分裂，我脑子里会有一些幻觉，就是乡亲们说的，我被鬼迷上了，等我把鬼赶走，就没什么大不了的了。但医生不这么看。医生说孩子这个样子，有割腕的倾向，自己浑然不觉，这是在抑郁期。无端发脾气，打砸东西，破坏行为明显，说明是转入了躁狂期。一定要严加看管。医生隐晦地指出，必要时，把手脚捆绑上。

奶奶打量着这座医院。铁门紧锁的住院部里，阴森森的，似乎随时从里面逃窜出一群不可一世的魔鬼。另一面的开放区里，有许多穿着病号服的病人和来往走动的医护人员。奶奶想到孩子要在这样的地方住下去，还不许家属陪护，心里一抽一抽的。这里的每个人看上去都稀奇古怪的，连大夫都跟其他医院里看到的大夫不一样，眼神里透露出一种"我啥都知道"的高高在上的感觉。大夫说，这里有些病人，都住了十几年了，一点事儿就没有，你放心回去吧。奶奶紧紧地搂住了孙女，说放心不下这个娃，我陪着这个娃住院。

医院当然不同意。奶奶便把曹秀娥带回了家。曹秀娥病情加重，幻觉一个接一个，有人拿刀逼着她抢劫，有人要火烧她的头发，有人在偷她心爱的发卡，有人要杀掉她们全家等。奶奶忧伤地看着孙女，恨极了那个闹着离了婚的儿媳妇。为了不让孩子被这些可怕的幻觉吞噬，奶奶给她喂了不少四处开来的药。这些药里有抗抑郁药，也有助眠药，还有调节身体的药物。曹秀娥大把大把地吃，完全不按医嘱来。奶奶每次发现药少了那么多就泪流满面。病情似乎得到了控制，曹秀娥除了面目有些呆滞外，情绪还算正常。奶奶好吃好喝地伺候，生怕孩子哪儿不舒服，又犯了病。

曹秀娥父母先后赶回来陪她。曹秀娥母亲后来说，她当时想了许多，怀疑自己离婚是否离错了，为了自己的女儿，该不该一辈子忍辱偷生。

初春的乡村月夜清凉，树木们也有一些蜷缩的意味。曹秀娥母亲有些单薄的身影，在村子里绕了一圈又一圈，孤魂野鬼似的，最后落寞地回到家里。前夫还在睡觉，睡得挺香，鼾声像打雷一样。她真想推醒他，又想钻到他的被窝里，一觉睡过去，醒来原谅了一切。但她随即被这个念头吃了一惊，简直有些鄙夷自己，同时有些厌恶地看了看他，心想这么一个男人，自己当年为啥看上了呢？要不是造了孽，干吗会有今天呢？她很想轻轻推开女儿的房门，抱着女儿睡觉，但又怕惊醒她。女儿那时憨憨的，肉肉的，睡梦中眉头紧锁，似乎在进行巨大的思想斗争。她知道，女儿"犯病"是毫无征兆和规律的。或许，她心中跟地震前一样会有预感，但她自己搞不清楚。这段时间，女儿只有打游戏时，才会面目狰狞，把喜怒哀乐表现出来，跟父母或其他亲人相处时，她展现出的往往是"随便""你们看着办""我无所谓"的架势。

她想这样陪着女儿过一辈子。可不能够。她已经重组家庭了，刚刚生下一个小男孩。这段时间，那边的小家伙气管发炎，一直在咳嗽，怎么也看不好。夫家催她回家，说孩子只要妈妈。可她实在不忍心离开女儿，她想把女儿带回现在组建的这个家里，但婆婆不答应。

　　曹秀娥妈妈不敢当面告诉女儿，她又要离开她。

　　思前想后，她决定不告而别，狠心离开。三更天，她爬起来赶往镇上坐大巴。月光下，乡村道路上，一只兔子窜出来了，它可能要横穿过土路，到对面的田里去，但因为看到了她，被吓了一跳，双耳直竖，静静地伏在路中间，盯着她的下一步行动。她突然想起曹秀娥有几次跟她提过，想养一对兔子。当时她觉得家里没地方养。现在这只兔子的出现，让她隐隐约约觉得有些注定。她往兔子的右边跳过去，实际上，这是虚晃一招，她的重心在自己的右边，也就是兔子正纵身逃窜的左边。她的右手快速地伸出去，准确无误地夹住了兔子的耳朵。兔子想把耳朵缩回去，但已经来不及了，只好双腿乱蹬。她右手提起兔子耳朵，兔子身子跟着吊起来，她左手适时地托住了兔子的屁股，往上一抬，兔子一下子明白了似的，安静地卧在她手心里，望着她。这是一只小兔子，看人的眼神，有点胆怯和斜视。她把它抱在怀里，心想，要不是为了自己的孩子，她舍不得把这个小家伙带离它的家园。或许它父母在等着它呢。她心里有些不忍，终归是自己的孩子占了上风。她决定让自己的孩子养着玩一段时间，没兴趣了，就送回这里来。

兔子带回家，放进兔窝里，曹秀娥的妈妈王红丽悄无声息地离开了。半路上，又想到一只兔子在窝里孤单，女儿看到后触景生情，于是等到镇上农贸市场热闹起来，在里面转悠了一圈后，发现有人在卖兔子，便精挑细选了一只跟那只小兔子差不多大，形象能匹配的，专门送回了家。她给女儿说，这两只兔子送给你做生日礼物，你的小弟弟生病了，妈妈得回家去照看。

曹秀娥似乎没听到她所说的话，蒙上头自己睡觉。

八

曹一德在邻省省城里先是给一家酒店当保安，后来学了点手艺活，焊接、泥瓦、电器维修等，在一家物业公司里做维修人员，主要负责就近四个小区里的零零碎碎的维修事务。比如谁家下水不通了，灯泡不亮了，洗手台砸烂了，煤气灶打不着了，卧床的螺丝松动了等，就赶过去修理，从工种上来讲，算为技术工。

一大早下了火车，打电话给曹一德，但无人接听，母女俩赶到物业公司，本想给她父亲一个惊喜，谁知道物业公司的工作人员一听说找老曹，有点火，说老曹这个人，做事就是粗心马虎，你们说，他哪儿又做错了？

工作人员把她俩当成业主了。母女俩赶紧表明身份，说是来找老曹探亲的。

物业公司脸上一惊，说，老曹今天去一个业主家里维修下水管道了，手机应该在身上，但我们公司的人干活忙起来，就顾不上接电话，你俩要不在公司里等等，要不直接去业主家看看，反正离得也不远。

母女俩面面相觑，找到业主家里，去了陪着干活呢，还是影响干活呢？

要不，你俩就去老曹屋子里待一会儿，老曹房门上那把锁轻轻一拽，就拽开了，那是糊弄外人的，平时呢，没啥人去那个地方，小偷进去了，也没啥可偷的，就在地下车库角落里，我手头还有些活儿没干完，不能陪你们下去了。你们从这里乘电梯，下到负二层，右拐，走两个路口，再左拐，直直走，一直走到尽头就到了。

好的，谢谢，我们到他屋子里等他。

物业公司的人是个四十多岁的精瘦中年人，想了想，皱了皱眉说，他那个房子啊，经常不打扫，气味重，要不你们就在这儿等算了，这个老曹啊，就知道连网，在虚头巴脑的世界里消磨时光，自己住的狗窝，没想过好好拾掇拾掇。

母女俩对望一眼，告别了这个人，摸索着，找到了曹一德所住的地方。

这是地下车库西北角的一个角落的车库。要不是有个别车辆来这边停放，感觉这里压根儿不会有人来。阴暗，潮湿，发霉，墙壁中还渗着水，在车库的地上漫了一层。人要走到角落，必须从水中蹚过去才行。

走到门口，门上挂了把锁，轻轻一拽就开了。解下锁，走进房内，里面凌乱不堪，地上被各种捡来的垃圾如纸箱、塑料桶之类的堆满了，间隙中，散落着东一只西一只乱扔的两只鞋子，和几张大小不一的凳子，几乎没有下脚的地方。一张钢丝床上，堆了几条被子，都没叠，像蜕下来的蟒蛇皮一样卷成一团。枕头不知有多少年没洗了，上面的头油似乎可以刮下几层来。因为是车库改装的，没有窗户，依稀能看到角落里还有一张桌子，上面摆满了锅碗瓢盆，也是乱七八糟的。曹秀娥不小心推倒了什么东西，有不少飞蛾扑到了脸上，还有不少臭虫，似乎在恼火这两个不速之客。这样的地方，要不是亲眼见到，不敢相信能住人。

关键还是里面酸腐的臭味，混合着幽暗中混沌的气息，直扑人的口鼻。曹秀娥还没得及把行李放到床上，喉咙里就有一股热流酸辣辣地翻上来，捂着嘴吸气压了几次没压下去，一张口，跟喷泉一般，吐在了几个叠放在一起的纸箱子上。一开吐，就跟打开了闸口一样，怎么也止不住。

她大口喘着气，差点把苦胆吐出来。

没办法待，母女俩只好出来，在附近找地方填了填肚子，又逛回小区，根据楼号，有意无意地走到了刚才物业公司工作人员所说的，曹一德正在干活的那家人单元门口。

拐到楼侧，老远看到一个人，背了一大捆从木床上拆下来的木板走过来。捆起来的木板像一座山压在那个人身上。那个人穿了件破背心，弯着腰，挽着裤管，低头看着路面，一步步往前走。母女俩等着那个人背着木板走过去了，才互相张望着，确认是不是曹一德。曹秀娥希望得到妈妈一个否定的回答，结果对面是肯定地点头。曹秀娥想起刚擦身而过时，他那额头上掉落地上的汗滴，摔成了几瓣，不由得惶恐起来。在家乡，看上去流里流气的爸爸，甚至有些桀骜不驯的爸爸，在这个城市里，干的就是这样的苦力活吗？

这一年多来，自己每个月，可是向爸爸要四五千块零花钱呢，光连接虚拟世界"桃花岛"所消耗的流量和购买的装备，每月不下三千元吧，爸爸需要收多少破烂或维修多少个下水管道才能挣来呢？

自己每个月应该消费掉了父亲大半的收入？

自己在虚拟世界"桃花岛"里快一年多了，这一年多里，是不是花光了爸爸多年来所有的积蓄？

他还供她伙食费。

给她学费。

她突然想喊住爸爸，可妈妈王红丽用眼神制止了她，似乎告诉她，这时候喊住不合适。

母子俩心情沉重，朝小区门口走去。大街上车流如织，曹秀娥感觉脑袋里一团蠕虫在蠕动。她有点不想见爸爸了。她不知道怎么面对爸爸。她又想到爸爸的种种不好，觉得见爸爸并不是一件必须要做的事了。她说我们去逛逛商场吧，给爸爸买点衣服鞋子什么的，老远的来，就家乡那点土特产，也不好吧，带点像样的礼物。

这时候，曹一德给前妻回了电话，问她有事吗？王红丽说没事，就问问你在哪儿。曹一德说正在上班，囡囡好吗？王红丽说囡囡想来看看你。曹一德说，好好在家养着，我过段时间回去。说完，就挂了电话。

一圈商场逛下来，母女俩给曹一德买了一件 T 恤和一条大短裤。天已经擦黑了。坐了公交车赶回物业公司，这里的工作人员已经下班了，卷帘门是锁着的。她俩从小区进去，找了一个单元门下了地下车库，弯弯绕绕，费了好大的劲，才找到曹一德的住处。

门是开着的，曹一德的鼾声远远传出，在地下车库中形成巨大的回响。她俩走进去，发现屋子里有一个发亮的东西——手机，正在充电。曹秀娥扫了一眼手机屏幕，发现这款带有全息影像功能的手机，正处于运行之中，应该是连接了脑机接口，手机上方的全息屏幕上，正在呈现曹一德在虚拟世界活动的影像。曹秀娥一看画面，心里"咯噔"一下，像掉入了深渊。曹一德所在的虚拟世界居然是"桃花岛"，关键是，他在虚拟世界的形象，居然是一个女的，而且，身份是曹秀娥的母亲。

在虚拟世界"桃花岛"的欧洲风情别墅里，与她相处了五个多月的母亲，居然是现实里的爸爸曹一德！

自己居然没看出来。

爸爸干吗要这样？虚拟世界中的父亲到底是谁呢？

王红丽在黑漆漆的地下车库里摸到了电灯开关，摁开了灯。曹秀娥仔细地看了看眼前这个睡着的男人。因为在梦中连接了虚拟世界，他对现实世界几乎没有反应。他的脑袋还那么大，鼻子还那么塌，眼睛看不出大小，手臂上文了一个字，曹秀娥一看傻眼了，是一个青黑色的"娥"字。这个"娥"，应该是她的名字。不知道谁给刺的青，歪歪扭扭的，一点也不好看。从小，家里都喊她"囡囡"。这个刺青，冷冰冰的，又泛着光泽。这让她既感到可怕又有关痛心。

王红丽苦笑了一下，拉了一张凳子让曹秀娥坐下。曹秀娥还是盯着爸爸曹一德的手机屏幕，看他在虚拟世界里到底在干吗。妈妈突然说："不用看了，在'桃花岛'里他就是你母亲！"

"他一个大老爷们儿怎么是我的母亲呢，你骗人吧？"曹秀娥疑虑地看着王红丽。

"我不骗你。你休学回家，迷上了虚拟世界。你爸爸知道了你的 ID，跟着你进了'桃花岛'，根据你的需求，跟你组合成一个家庭，本来他是要给你扮演爸爸的，谁知道，那时你已经选定了一个爸爸，他只好给你扮演妈妈，以防你在'桃花岛'有个意外。"

"他一开始的虚拟形象怎么是女的？"

"他是用我的身份信息注册的，进去之后，作为一个女的，想着跟你沟通起来，会方便一些。"王红丽的眼神有些闪烁，不敢正视曹秀娥。

"骗人！"曹秀娥知道，妈妈没有完全说实话。

"不骗你，孩子，你爸爸每天会给我讲，给你做了什么饭，带你去哪儿玩了，给你买了什么衣服，陪你在做什么游戏，看着你睡着了，陪你学习、画画、跳绳，给你做点心……几乎你的每一天，我俩在聊天中都有聊到。"

"你们对我这么好，当年为什么离婚呢？为什么狠狠抛下我呢？"

"年轻的时候做事，有些冲动和草率，我们非常后悔，不是后悔有了你，是后悔我们没能早点看清生活，没有陪伴你成长。"

"那'桃花岛'里的爸爸是谁？"

"我，我不清楚。但我替你爸爸进入过'桃花岛'很多次。我还问过呢。"王红丽目光有些躲闪，一看想隐瞒什么。

"怎么可能？你们那么亲密。"

"那是给你看的，实际上，'桃花岛'里，各有各的生活，为了你他俩才表现出那么恩爱。现实中的很多夫妻，也是为了孩子，表现出足够恩爱的。"

"那何必要孩子呢？"

"激情嘛，就跟坐火车一样，刚开始有新鲜感，后来会变得乏味，一对年轻人，白头容易，但始终保持激情的那是特例。我和你爸爸，特别是你爸爸，在我怀孕后，对我失去了新鲜感，就找别人去了。我俩就过不下去了。"

曹秀娥不再说话。

她决定去"桃花岛"跟她的"母亲"问个究竟。

她迅速接通了脑机接口，意识立即进入了虚拟世界"桃花岛"。她大脑里立即注入了虚拟世界中有关她的信息。她跳海自杀，快溺亡时被救上来，一直被机器管家看护着。这两天身体有了好转。她望着窗外，看到她的"母亲"正在若有所思地观察"桃花岛"上养的那两只兔子。这是一个大好阳光的清晨，光线暖暖地打在这片土地上，兔子正在笼子里吃草，一看有人走过来了，耳朵竖起来，两只前爪子绷着劲儿，灵敏地打量着周围。这两只兔子，是系统通过全方位立体建模后瞬间传送并呈现在虚拟时空中的，一举一动都是量子计算下的 AI 操控。曹秀娥知道现实世界里，爸爸是不喜欢兔子的。可在虚拟世界里，爸爸所"活"成的"母亲"，居然爱屋及乌，非常喜欢兔子，还经常带她去拔青草、胡萝卜，喂给小兔子吃。曹秀娥记得，有时候，一家人会在草坪上追着兔子跑。兔子跑动起来很快，也有力，蹦蹦跳跳，有时疾如闪电，他们三个人追不上。不过，在桃花岛，还有机器人管家，兔子是跑不过机器人管家的，跑远了就会被逮回来。

"我俩要是不在'桃花岛'上住了，这两只兔子可怎么办？"她走出来，问她"母亲"。

"怎么会不在这里住了，这里多好啊……""母亲"惊奇地看了她一眼说："不，我老死也要住在这里。"

"你应该明白，我们不属于这个世界。"曹秀娥发现，这几天，因为主人们无暇顾及，兔子可能生病了，耳朵软塌塌地贴在脑袋上，四肢无力地趴在地上，那双瞪得圆溜溜的眼睛和无可奈何的状态，和"母亲"内心的惊惶一样一览无余。

"哪一个世界，有区别吗？"看着"母亲"迷蒙的双眼，再看看眼前美好的田园景象，再想想现实中"母亲"蜗居的地下车库，曹秀娥不由得鼻子一酸，心尖像是被针刺一般，抽疼了好一阵子。

"你不会迷上了这个虚幻的世界吧？你可是有自制力和判断力的大人啊。"

"孩子，我不想跟你分开，我也不想离开这里。大人怎么啦？大人难道不该有一个幸福的家庭吗？"曹一德突然抱着曹秀娥，在虚拟世界里号啕大哭起来，哭得稀里哗啦。

在现实世界中，曹一德对她往往横眉冷对，总觉得她矫情或者不够强大。

"妈，我已经知道了所有情况，你是曹一德，是我现实生活中的爸爸，我知道你喜欢这个虚拟的家庭，我也喜欢，但是，我也知道这是虚拟的了，我们回家吧，我们回家，回到现实之中的家里，我给你做饭，我出去工作，我挣钱养你。我再也不要让你养我了……"曹秀娥也哭得撕心裂肺。

"你知道了也罢，不知道也罢，我就要在桃花岛里生活，这里不会吵、不会闹、不会不开心……"曹一德深情地望着"桃花岛"里的一切说："囡囡，你这里的父亲死了，咱们再找一个。我们不能在这里没有家。"

兔子静静地趴在院子的草坪上，两只耳朵耷拉着，像是死去了许久，又像是认真地在理解她俩的对话。

九

天亮了。曹秀娥丧气地断开了脑机接口，曹一德也跟着断开了，像睡醒了一样。

曹一德见到母女俩，并没有表现出特别的喜悦。看她俩挤坐在房间里，便给每人倒了一杯水，自己冒上了一根烟，不做解释。

对曹一德来说，"桃花岛"里的那个家，才像个家。在那个家里，不管是他扮演了什么样的一个角色，生活在其中是甘之如饴，处于一种享受状态。曹一德完全陶醉于这样一个世界，根本不知道这个世界对他的危害性。一年多下来，他逐渐发现，他比女儿曹秀娥更需要这个虚拟世界。虚拟丈夫的离开，对他而言，导致的打击，其实更甚于女儿。为此，他有些赧颜。他通过抽烟来掩饰这一点。但半天之后，还是说了句："狗日的，要是一辈子在'桃花岛'里多好。"

"那是用钱堆出来的。你应该清楚，你打算买房子的那点积蓄，恐怕快用完了。"曹秀娥母亲轻声说了一句，"这里有什么吃的？我来做早饭。"

"我早不生火了，这里也不像个生火的样子。"曹一德对前妻冷冷地说，一字一句，像鲫鱼吐泡。

这时候，外面有一个婆姨在门口张望了一眼，一看里面人多，吓了一跳，没有进来，但也没有离去，而是到旁边的垃圾桶里捡垃圾，边捡垃圾边骂，你还看得紧，没给老娘留一张纸片片！光知道喝马尿，怎么不给老娘省省心，跟了你这么长时间，还舍不得送一个手机。

曹秀娥一愣，不知道对方和父亲是什么关系，但很明显，该女子是冲着父亲来的。这个捡地下车库里的垃圾的女人，披头散发，衣着邋遢，乍一看形象狰狞，从口气上判断，有点像父亲的情人。曹一德从母女二人疑虑的表情上，已经感觉了什么，发现女人还在絮絮叨叨，顿时怒火冲天，拍掌而起，冲出去提起门口的扫帚，呵斥着冲了过去。那女子，见曹一德这个狠辣样子，也不敢多嘴，骂骂咧咧地抱头鼠窜了。

或许不是情人。

曹一德追跑女子，顺便从外面买来早饭，稀饭油条加茶叶蛋。三个人吃过了，曹一德说要去上班，曹秀娥妈妈说，你请一天假吧，咱们陪囡囡逛逛。你也休息休息。

曹一德点头说好。

到物业公司请假时，负责人却很不客气。他凶狠地冲曹一德说，老曹，你成天不好好上班，今天这个事，明天那个事，说白了，还不是偷偷去网上的另一个世界里享乐，打游戏，刷屏，你以为公司是你家开的啊？

"对不起，主管，今天我女儿和前妻来看我了，我陪她们去逛逛。"

"现在是工作时间，周末放假去。"

曹秀娥母女站在公司的门口，里面的对话却听得一清二楚。曹秀娥忍不住了，冲进去，对这个素未谋面的主管说："对不起，主管，我是曹一德的女儿，曹一德已经两年没回家了，每年春节都在公司加班，现在我们不远千里来探亲，想请一天假，难道不在情理之中？如果曹一德平时不好好上班，你们可以警告乃至开除，如果没有，说明他依然是一个合格的工作人员，你们不给他准假，是不是违反了劳动法呢？再说了，明天就是"五一"国际劳动节，你们不放假，知道什么叫国家法定节日吗？"

　　曹秀娥嗓门大，语速快。她其实是挺能讲的，高中时演讲比赛还拿过第三名。主管听了她的话一愣，脸色沉下来，死盯着她说："你意思是我们可以开除曹一德？"这让她一激灵，想起虚拟世界中曾经碰到的那只熊，只要她一动，就会拍死她，但她最终装死般，一点儿也没有动。这时候，主管就有点像大熊。她迎着对方不快乃至有些凶狠的眼神怼了过去："要开除得有证据！"曹秀娥心想，就这样的工作条件，父亲不应该在这里干。"你们没证据，又不给请假，我就要告你们！"曹秀娥作势要给劳动保障局打电话。

　　没想到，对方突然软了下来，眼神柔和了，脸上带着笑意："老曹，你这个女儿好厉害，嘴巴子利落，来，说得对，给老曹今天放假一天。其实，老曹还是能吃苦的。"

　　曹一德和王红丽露出惊喜的表情，没想到女儿一反萎靡之态，能理直气壮地跟人争斗了。

出了公司，曹一德问曹秀娥，你想去哪儿？曹秀娥想了想说，哪儿都不想去，跟你们待着就好。曹一德说，还是出去转转好。三个人商量了一番，决定去动物园。这个城市有全国闻名的动物园，动物挺多的。

要不是在动物园里看到那几只兔子，曹秀娥也不会想起当年发生的事情。动物园里有一只兔子，不知道是生病了，还是乏累了，吃了曹秀娥递过去的红萝卜，用嘴巴舔着曹秀娥的手，依恋不舍的样子。王红丽开心地说，这只兔子说不定上辈子见过囡囡。曹秀娥突然一怔，再仔细看，确实跟当年妈妈离婚后不辞而别的那个晚上送给她的那只兔子长得几乎一模一样。她突然想起来，那些日子里，她一想起妈妈，整日整夜就陪在兔子身边，蹲在兔窝边，怎么也不离开，甚至把兔笼子提到床边，把兔子抱出来，让兔子陪着睡觉。她觉得，兔子是自己在这个世界上最好的朋友了，她什么话都可以跟兔子说。她对其他人不理不睬，包括对奶奶。有一天夜晚，奶奶忍无可忍，提了把菜刀冲下来，不顾曹秀娥的哭劝，手伸进笼子里，几刀下去，两只小兔子被砍得血肉模糊，趴在笼子里软塌塌的，耳朵耷拉下来，遮住了大半个眼睛，一动不动了。当时一缕窗外的月光打进来，兔子圆鼓鼓的眼仁似乎动了一下。那一刻，曹秀娥眼前一黑，两耳轰鸣，感觉脑海里某根弦断了，一时茫茫然，什么都不知道了。

不知道什么时候才醒过来，笼子里有六只兔子了。她问原来的兔子呢，奶奶说是跑走了，没追上，只好又一口气给买来了六只兔子。奶奶一脸的愧疚，对孙女赔礼道歉也是支支吾吾。曹秀娥想不起来刚才发生的一幕，于是无可奈何地接受了六只新兔子，分别取名，成天喂养。在养兔子的过程中，她被兔子抓伤过，还治疗过一段时间。不过，家里的兔子，开始繁衍生息，越养越多，增加到了三十多只。这些兔子学会打洞了，从兔窝里打了一个洞，直接到了院墙背后的南瓜地里，然后一个个从出口开溜了。还好，发现得及时，有两只小兔子，还没来得及逃走，于是被关到兔笼里养起来了。

现在在动物园看到这只兔子，曹秀娥突然想起来，奶奶当时拿菜刀砍兔子的样子非常凶狠，皱褶纵横的脸庞上充满阵阵杀气。她不寒而栗，突然觉得无比可怕。

可怜的奶奶，也是一个可怕的奶奶。在照顾她的过程中，承受了多少事，淤了多少情感，压住了多少愤怒。她才是需要被照顾和看护的"病人"。

再乖巧的兔子，在笼子里，终归要靠人来喂养的。

曹秀娥顿时意识到，自己不是小兔子，再也不需要人照顾了。

其实这个想法，她早就有了。"桃花岛"里的父亲，就一直在给她灌输这样的想法。不管是坚强，还是勇敢面对，必须靠她自己。

她这才想起来自己家里的两只兔子，也是自己扔掉的。有一晚她从"桃花岛"下线后，因为没找到虚拟父亲，心里空落落的。想跟兔子谈心，打开兔笼，看着月光下的兔子那么恬静，突然觉得自己不该把兔子圈在笼子里。她把兔子提出去扔到了院后的南瓜地里，心想这个世界上谁照顾谁啊，兔子要自己学会照顾自己，天地那么大，不会活不下去的。

她做完这些，继续睡觉，睡醒来之后，想不起来做过的事了。奶奶发现兔子不见了，一直以为被人偷走了，还在院墙上搭了许多白刺，怕有人翻墙来偷东西。

现在一切都想起来了，她觉得自己突然变了一个人似的，破茧成蝶了。

"'桃花岛'里那个父亲到底是谁？"曹秀娥直直地盯着妈妈。她兴奋的脑袋里，像被泼进一勺燃烧的汽油。她觉得，自己想清楚这一切，还是来自"桃花岛"父亲的教育。这个父亲精心做了这么多，不会是偶然发生的。天下不会有那么多巧合的人和事，虚拟世界里也是一样。很多事虽然她没想明白或没想起来，但终究是有其因果的。

王红丽看着曹秀娥容光焕发，双目熠熠，像变了一个人似的，一股暖流涌进她心房。她摸了摸脸上的皱纹，竭力想让自己放松一些。面对曹秀娥的疑问，她最终吞吞吐吐地说出了经过。

"他是我请的一位大学老师，是一位精神科的大夫推荐的，学心理学的，在了解了你的病情后，他也想帮助你，但收费，挺高的前两天，我无力支付费用，他就彻底离开了'桃花岛'。"妈妈只好说出实情来："维护'桃花岛'的工作人员，包括策划、软件、技术人员等共计206个，桃花岛上有240户人家，780多个人，每个 IP 每年需要出 5 万元，所以每年我要花 5 万元去充值，让这位大学老师进入到'虚拟世界'中生活。我除了给他账号充值外，还要给治疗费，一年 10 万，我和你小弟的爸爸，这些年开百货店，总共存了二十来万，不到一年快给你花光了，钱不够了，教授就说，你精神应该恢复过来了，会接受线下的世界了，他要离开你了。所以我就让他离开了。囡囡，你放心，如果我有钱了，我再去请他，我们可以再建一个'桃花岛'"。

曹秀娥沉默了。完美的虚拟世界还是由钱来支撑的，但世界上不可能人人都有钱，所以虚拟世界也会注定不是完美的。"桃花岛"只是一个遥不可及的梦想。电视剧里的剧情，大多选择了人们爱看的那一种，现实生活中则不然，人们最不想看到的往往最容易发生。她想起妈妈给她送的那两只兔子，一开始见到人时一脸的惊惶，后来见到她，主动围拢过来，吃她手里的菜叶、胡萝卜，到最后，能在她的怀里闭上眼睛睡觉，那么安静，似乎世界上不会有伤害他们的人和事。她下决心要照顾它们，不能让猫抓住，或者被其他动物叼走了。她一直以为自己是那两只找不到家的小兔子，事实上她现在才意识到，"桃花岛"的父亲，其实不是让她看到了一个理想的父亲，不是让她成为一只被照顾的小兔子，而是在潜移默化中教会了她勇敢、坚强、不屈等正确的人生态度。

"桃花岛"的父亲曾说过，智者善于利用环境，只要你认准了精心经营的地方，那就是家，哪怕是残破乃至残败。

妈妈见她不说话，挽起她胳膊说："囡囡，爸爸和妈妈对不起你。"

她看了妈妈一眼，皱纹不少，鬓角的白发在风中凌乱，再看看爸爸曹一德，正望着兔子有些失魂落魄。他应该回想起了"桃花岛"。她不由挽起父亲的胳膊，像"桃花岛"里一样，亲昵地把头靠在他肩膀上："我们出去吃饭喽。我们一家人，好久没有一起吃饭了。爸爸，吃完饭我也跟你在这个城市里打工，等挣够学费，我再去复学上课。"

曹一德看女儿满目的自信，似乎想起了什么，或者看到了什么，面部的表情一下子放松了，愧疚中夹杂着赞许，也微笑着回应了一句："囡囡长大了。"

一家三口，以从未有过的亲近，走在这座城市里。

（原载《小说月报·原创版》2023 年第 3 期）

城郊院子

一

　　我老丈人发现自己得了尘肺病之后，贱卖了自己劳苦一辈子的碎石场，决心安享晚年。其实这时候他已经病入膏肓，只是家人瞒着他，只告诉他是因为年纪大了，身上乏力，不得劲而已。他以为休养一段时间会缓过来。他回到了郊区那个叫马营的老庄子里。他把老房子收拾得焕然一新，还在杂草丛生、果树野蛮生长的院子中间，盖了一座茅草亭，从一位街头卖书法的大胡子手里题了三个字：暂闲亭。在一块实木匾上，用电脑把这三个字刻上去，顺带还刻了一副对联：人事有代谢，往来无古今。都挂在亭子上，看上去颇有古风。老丈人几乎邀请所有能联系上的亲朋来他的"暂闲亭"里喝茶吃瓜果。这期间，他的病彻底发作了，肺一天天变白，像一块扯松了露出偌大空隙的白布一样，失去了应有的呼吸功能。家里人商议给他换肺，他死活不同意，认为换肺后是另外一个人趴在他身上，活不安生。他临终之际，说这院子总算修好了，就留给尕丫头做个念想吧。

老丈人说这话时，大家强忍伤悲，纷纷点头，望着牵着老丈人手号哭的尕丫头，不知说什么好。尕丫头是我外甥女，大姐的女儿，叫罗丽莎，从小骑在老丈人肩膀上长大。因为当时大姐在深圳打拼，孩子没人带，就完全交给了父母。老丈人一有病，罗丽莎便跑来照顾了。老院子修葺的过程中，很多地方参考了她的意见，留给她，大家当然没意见。再说了，老丈人走后，偌大的院子，只有我丈母娘一个人住，如果尕丫头继续陪住，当然再好不过。现在大姐一家在深圳，二姐一家在北京，我们一家在珠海，都没法举家迁回后住到老院子里。老丈人在修葺院子时，考虑到春节等节假日三个女儿可能要回来，所以北面的正房隔了五个小间，都是仿古装饰，青砖红瓦飞檐，有的房间内还安置了子母床。现在只有西面的三间厢房里，丈母娘在住，北房没人，空落落的。

送走老丈人，不知谁提出来的，说我们一时半会也回不去，院子里丈母娘一个人住，有些孤，不如把房租出去，让人住进去。那时候城郊的村庄里的租户多是三教九流，有做沙发的、炸丸子的、修鞋的、卖蟑螂药的。我们建议找几个合适的人进来。

于是就有了招聘租客一事。这个招聘启事是尕丫头罗丽莎写的。她拟定好招聘条件，发布在同城一个 app 上。她还拍了几张照片放了上去。从图文来看，院子门口有老槐树，院子里挺开阔，房子青砖红瓦，飞檐翘角，房前有羽毛球场大的硬化房檐台子，木栅栏围了不少梨树杏树桃树核桃树银杏树，还有一个古意盎然的"暂闲亭"，加上南墙根儿鸡窝、狗窝和兔笼等，还是很有农家风味的，不像城郊大多院子里，加盖得不见天日不说，还有安全隐患。

招聘启事一发布，应征者如云，大多按要求提交了照片和简历。出租启事里，除了遵纪守法之类的常规要求外，罗丽莎还加了两条：有趣，有一技之长。经过罗丽莎背后把关和丈母娘亲自面试，在猴年春天来临的时候，最终确定了五位租户，都是男的。罗丽莎开玩笑地说，这几个人有意思，她要在他们中找到她心仪的另一半。我们目瞪口呆，以她的条件，多少男孩子在巴巴等着呢。

这五个租客，名字容易记混，丈母娘为了方便，就根据职业，喊为程序员、画家、诗人、导演和工匠。村民们也就跟着这样喊，有些村民把"诗人"喊成了"死人"、把"程序员"喊成了"程序猿""导演"喊成了"倒爷"等，乱七八糟。

他们无一例外，都是年轻的单身汉，生活能力方面感觉马马虎虎，但这又有什么呢？罗丽莎后来兴致勃勃地说，凭我的条件，改造一个男人还不容易。这确实是，罗丽莎拒绝了不知多少个追求者了。这方面，她随时会邀请小姨，也就是我妻子做参谋。妻子每次参谋前，自然跟我分析一番，因此我对孬丫头的情感史，还是有所了解的。为了她的另一半，我们一大家子操了不少心，恨不得每天到大街上抓来几个年轻人让她选，现在她有心情说出要从这几个人中找到另一半，我们只好有当无地一试了。

当然，这五个租客，看起来也没那么赖。

据说面试时，程序员三下五除二找出了某网站上的一个bug，进去黑了一番，又快速地给予处理。

画家二话不说，给丈母娘画了一幅肖像画，栩栩如生，功底扎实。

诗人应聘时说，他能写诗、读诗。诗人现场趔趄着步子，高声朗诵了一首《将进酒》。丈母娘觉得这不算一技之长。诗人无奈，现场赋诗一首。那首诗是这样的：在春天的芬芳里，有人听到死亡的声音，有人看到希望的步伐。在你孤独的背影里，有人看到苍老的面孔，有人看到伤痕累累的灵魂。丈母娘背过身，擦了一把眼泪后说，行，你住进来。

导演用手机对着丈母娘院子里的花花草草拍了几段镜头，再放在电脑软件上一剪辑，立即制作出了一条配乐明丽、画面精美、节奏感强的短视频来。丈母娘看完后，说这些花草这么一拍，比人还有精神，你这也算一门手艺。

工匠就不用说了，他主业是做泥瓦工的，说什么都会一点。丈母娘院子门口有一棵老槐树，不知哪一年种植的，树身需两人合抱才行。门口的大路水泥硬化的时候，老槐树的树坑也被硬化掉了。工匠用木棒劈出几块木板，撬开硬化路面的一部分，给老槐树根部挖了一个蓄水坑，用砖砌好一个树堰，保证水能充分渗到大树根系，再做了一个竹子栅栏。工匠说这是古树，要保护，树堰中应该经常有水。

丈母娘笑得合不拢嘴，伸出大拇指说："你这手下利索，攒劲，我早有这个想法了。"

二

这五个人刚好住了背面五间房。住进来不久，他们惊喜地发现，经常会有一个窈窕女子出现在院子里。这女孩当然是尕丫头罗丽莎。这个春天，她申请博士生成功，学习艺术理论。她本来在上海读书，考虑到外公走后外婆一个人孤单，所以选择来到这里的高校就读，离老院子不远，坐地铁一个小时就能回来。

罗丽莎一出现，诗人迫不及待地宣布自己的"缪斯女神驾到"。他说这个女孩充满了阳光般的明丽和玫瑰般的芬芳。他觉得《诗经》里描写硕人的诗句"手如柔荑、肤如凝脂……巧笑倩兮，美目盼兮"，还有曹植《洛神赋》中赞美洛神的诗句"远而望之，皎若太阳升朝霞；迫而察之，灼若芙蕖出渌波"等放在她身上一点也不夸张，甚至还要用现代诗补充几句，比如"最是那一低头的温柔，像一朵水莲花不胜凉风的娇羞"等。诗人见到罗丽莎后诗兴大发，每天作爱情诗十首，高声在院子里摇头晃脑吟诵，一看到罗丽莎后会点头微笑。他写的"谁是我梦中新娘，谁让我万分心伤"之类的句子，门口路过的小孩们都背会了，见到罗丽莎会扯着声喊这几句。

107

画家见到罗丽莎后，立志要以罗丽莎为原型，画一幅比《蒙娜丽莎》还要迷人的画作。导演眼睛放光说，罗丽莎灵动的面庞、散发出的淡淡知识气息和毫无世俗沾染的纯净感，最适合拍他现在执导的这部《塞上公主》，假如罗丽莎能担任女主角，我可以拍出一部与《罗马假日》比肩的作品来。程序员说她要是能成为我编的游戏中的女主人公，我这个游戏会火遍全球。工匠聊起这个话题时嘿嘿憨笑，不接这个茬。画家说你是看不上她还是不敢看她，工匠慢吞吞地说我愿意花一辈子时间为她建一座宫殿，这座宫殿里的女主人就是她，仆人就是我。

罗丽莎性格开朗，茶余饭后经常跟租客们交流。夏日的夜晚，院子里凉风习习，树影婆娑，罗丽莎会把自己做好的饭菜端到亭子的石桌上，邀请他们一起共餐。工匠有时回来晚，浑身脏兮兮的，自惭而不参加。但罗丽莎还是会让画家把工匠强拉出来，一起热闹。这五个人发现，罗丽莎是一个非常利索的姑娘，对老太太非常孝顺，手艺好，做出来的饭菜那么可口。他们每次都会把所有盘子里的食物吃得干干净净，并端出自家的茶水点心共同宵夜。

"暂闲亭"里放了一台钢琴，是架老钢琴，说是罗丽莎小时候弹过的。傍晚的余晖中，吃过饭，罗丽莎心情来了，也会打开琴盖，在黑白相间的键盘上弹奏起来。除了导演偶尔能听出弹的什么曲子外，其他几个人根本听不出来。但看着罗丽莎秀发飘飞，手腕像只小鸟一样轻盈，手指在键盘上快速滑过，身子跟音符一起微微摆动，如婴儿般放松的神态说不出的恬静与美丽，每个人都不由得飘飘然起来，有一种在云端随着浮云端详世间万物的感觉，有点微醺。

有一次工匠问导演，罗丽莎弹了些什么。导演说罗丽莎在怀念过去美好的生活，思念自己的亲人。工匠默默地看了一眼罗丽莎，眼眶一红，差点流出眼泪来。

不远处有一个集市，攒集的日子非常热闹，人山人海不说，各种叫卖声此起彼伏。有时大家会相约开上车到集市上买一些实惠的物件，吃上一两样馋人的小吃。一旦集体出行，罗丽莎就跟公主一样，打扮得漂漂亮亮，被五个人前拥后簇。

这样的日子过了不知多久。他们经常一起见面，一起欢笑。罗丽莎白天上学的时候，各自忙自己的工作，罗丽莎晚上要是回来，或者周末回来，带来什么好玩的、好吃的，定能惹得院子里这五个人无比骚动，各用各的奇招异式来吸引她。罗丽莎后来给我妻子发消息说，这五个人真有意思。

三

诗人来自遥远的西南小村庄，瘦瘦弱弱的，想法最多。按他的说法，是灵感的火花一阵阵迸出来，压都压不住。有一晚，他闯进了丈母娘的东厢房，名义上是借点醋，说下了面，没醋了，实际想跟刚回来的罗丽莎搭讪，聊一会儿。老院子旁边100米处就有村里的商店，店里有醋，二十四小时营业。但诗人打着这个幌子，进去之后，眼中只有罗丽莎，把借醋的事给忘了，问罗丽莎今天学了什么，导师对她好不好，有没有师兄弟对她献殷勤等。罗丽莎说自己不太爱跟人打交道。诗人说这是人世间的一大损失，你简直就是天仙下凡，这个院子里因为有了你，一切生物都似乎活泛了起来。要是你多待个三五天，这院子里的花朵，肯定会更加绚烂。

罗丽莎微微笑着说，你净瞎想。

诗人说他这两天写好了一首诗，要让罗丽莎听一下，提提意见。这首诗也是以罗丽莎为原型写出来的，充满了玄幻与隐喻："天空的盖子揭开后／冒出热腾腾的像箭一般嘶鸣着的／气息 慌乱突如其来／一个响亮的耳光／万箭齐发 让人们张口结舌／天边飞过的那朵彩霞／要是没有人看到 几许的哀怨／那光辉的时刻永远要告别了"。

诗人不管不顾地背出了这首诗。罗丽莎听完后微微一笑，说我不怎么懂诗，但我小时候背过几首，我觉得最好的诗，应该像《诗经》里一样，情感饱满、直抒胸臆即可，"窈窕淑女，君子好逑""去年今日此门中，人面桃花相映红"，这就是最好的诗歌啊，也最明白不过了，你的诗云遮雾罩的，我读不懂，也没时间费劲巴拉地推敲。

诗人涨红了脸，接过丈母娘递过来的一小瓶醋，落荒而逃。

但诗人不气馁，他的心早跟一团干草一样燃烧起来。诗人虽然写诗云遮雾罩，说话有些颠三倒四，性子倒是随和，能陪我丈母娘拉拉家常。他并不喜欢"把酒话桑麻"，说那些家长里短，但因为他的好性子，你说什么，他能听进去，还随口附合几句。或者说，他没听进去，思想早已出窍了，但身体一直保持在听的状态。丈母娘说，只有提起罗丽莎，诗人眼神才会活泛起来，刨根问底。

月华如水的晚春，诗人支了一张小床到房门口，说是方便看月亮，其实更有可能是观察罗丽莎的一举一动。画家问他看月亮干吗，他说在思考五十亿年之后那个橙黄色的恒星会不会撞向地球让地球瞬间灰飞烟灭，那么人类的碎片进入太空之后，还能把人类文明延续下去吗？画家说你先管管你当下的日子吧，啥时候每个月的稿费够你吃顿大餐。诗人说这你又俗了，现在的人，就是被各种消费广告给忽悠了，迷失在物欲中。挣钱的目的是什么？你看看那些古今要人，不就是晒着太阳，看着满院的花果飘香吗？现在我已经有这样的生活，何必到城里累死累活地打拼，打拼出一身重病后，回到乡下的院子里再花钱治疗，再急忙想着晒晒太阳，这是何苦呢，大多数人一辈子就跟苍蝇一样在打转，并没有比苍蝇聪明多少。

诗人倒也言行一致，他偶尔给广告公司写点文案，更多的时候在写诗、晒太阳、看月亮，再不，就是摇着把破蒲扇，穿着开洞的背心满村子晃荡，见谁都乐呵呵的。他在吃的上也非常简单，往往是一锅稀粥加上馒头咸菜就能吃三顿。他说那些贵妇们经常跑出去练瑜伽，瑜伽训练其实是让人少吃，控制住嘴，管得住行为。中国古代大官年到老迈，自律性挺强，把喝粥作为人生必备，还写一大堆赞美吃粥的诗词，他们年轻时营养过于丰富了，跟今天的有些官员差不多，富贵病一身。诗人在巷道里跟村里人聊天，一聊几个小时，讲一些让村民们觉得新奇又觉得不着边际的话。他觉得面对面聊天是人类最好的交流方式，现在靠打视频电话来聊天，便捷是便捷了，但没人情味，不真实、不自然。他也在夏天的傍晚，会跟一大帮老太太一起跳广场舞，甚至有时候跟一帮小孩子追逐嬉戏，毫无大人的样子。当然他很受孩子们喜爱。他的诗孩子们背得最多，虽然只是其中几句，也让诗人觉得有价值了。我丈母娘倒是能和他谈得拢，认为现在这个社会，人情味就是越来越淡，像诗人这样的热心人没几个了。有时候，丈母娘一个人时蒸的馒头、煮的玉米、拌的凉菜，会给诗人送去，诗人自然不客气。来而不往非礼也，诗人自然也会送一些东西给我丈母娘，比如河边拣到的怪石、摘来的桃子等。

我丈母娘委婉指出诗人有些不修边幅，女孩子不喜欢这样，更喜欢干净、整洁、强壮的男人。为了改变他邋里邋遢的形象，锻炼出强健的体魄，以良好的面貌出现在罗丽莎面前，诗人做出了一个让我们张口结舌的举动。他只穿一条皱巴巴的内裤，每天清晨绕着村子跑步三圈，为的是充分吸纳阳气。村里的几位长者把他堵在路上，正告他说，再这样伤风败俗，就让他滚蛋。诗人并没有滚蛋，反而变本加厉，连最后的一块遮羞布也取掉了，赤身绕着不远处的河道跑来跑去。这条河叫向阳河，经过前些年的整治，从一条垃圾遍地的臭水河变成了柳荫如盖的清水河，成为附近村民们的好去处。谁知让诗人这么一晨练，吓坏了来晨练的大爷大妈们，他们为此聚集到我丈母娘的院子门口，非要赶走诗人不可。丈母娘劝了诗人两句，诗人不高兴了，说，我本谪仙人，岂同屠狗辈。诗人决定搬走，要住到城里的公园里去，说那里环境好，湖边晨练没人限制。他真搬出去了，提着大箱子头也不回走了。奈何搬到公园之后，因蚊子太多，一夜被叮了无数个红疙瘩，第二早光着屁股晨练时差点让公园的管理人员送到派出所。他无处可去，只好又回到老院子，并保证不再光屁股跑步了。他穿上他大学毕业后塞在行李箱里再没穿过的篮球服，继续到河边跑步。不过，没人注意时，据说他还是赤身跑步，三下五除二脱了秋衣秋裤，卷在手腕上，身上的零件甩来甩去，跟疯子一样。这也给诗人惹上了麻烦。那晚有人在河边猥亵了一位妇女，妇女在夜色里没记住是谁，只记住了一个光着躯干抱着衣服逃跑的背影，那干瘦的背影跟诗人几乎没啥不同。该受害者辨认时，疑惑片刻，指认就是诗人干的。为此，诗人被警方刑拘，检方以涉嫌猥亵妇女罪准备起诉。这在庄子里掀起轩然大波，大家就觉得，这个叫"死人"的家伙，男女方面有点不老实。

四

导演跟画家一样，一头披肩长发，不过时常扎一头小辫子，比画家还多了一大捧络腮胡，乒散开来，每一根像针一样刺扎在他原本白嫩的皮肤。这样的导演，在电视上会经常看到。导演看着年轻，但有着与年轻不相匹配的严肃与沧桑。是的，沧桑。他似乎经历了很多很多的事，以至于丈母娘院子门口，一个小孩被穿过村子的一辆皮卡车撞破了脑袋，脑浆洒了一地，他见到之后，连眉头都没皱一下，冷静地走进了他的屋内，取出他的摄像机，架起了三脚架开始拍摄。他把世间的一切看成不同场次的戏，所以车祸发生了，他还指挥着人们，你给我站远一些，我要拍一个特写，你们俩站到这边，不然镜头里装不下了；你们哭的时候，能不能不看镜头？他这么一说，大家就跟吃了苍蝇一样，对他怒目相向。导演不以为意，继续拍他的。大家被眼前的噩耗镇住了，没有特别追究导演的态度，相反，因为那黑洞洞的摄像机镜头，大家对导演还有几分敬畏，尽量按他的意思来调整，虽然心里一万个不乐意。

导演不去片场、在房间不看影片的时候，会扛上摄像机去村里拍摄一阵子。他东拍拍西拍拍，什么都拍，像在探测宝藏。村民们搞不清楚他到底要拍什么，会不会把自己拍成恶霸坏人。倒是村里有几个年轻的媳妇儿，老通过我丈母娘，打听他拍摄的内容，问还需不需要女演员之类的。导演当然不会需要。有一天，有一辆车开到院子门口，从车里下来了一帮奇装异服的年轻人，其中有一个女孩，个头高挑，长发飘飘，酷似一个当红女演员，见到导演又是搂又是抱的，甜腻得不行，看得诗人忍俊不禁，舔着嘴唇，张开双臂表达欢迎，上去要和这个女孩拥抱。当然这个女孩白了诗人一眼飘了进去。其他人也一样，装作没看到诗人，把他当作空气一样，晾在了院子门口。诗人左右顾盼，有些不好意思地挠挠头，钻进自己的屋内开始写诗。据丈母娘说，当晚那帮年轻男女们在导演屋内又是唱又是跳，而诗人在自己的屋内大声朗诵诗歌，气得程序员和画家先后向丈母娘投诉了八次，投诉无效后，各自出门去寻找自己的灵感了。

罗丽莎后来给我妻子打电话时说，导演并不是天天住在院子里，在外面过夜的次数多的是。这让她觉得，尽管导演体格魁梧，膀大腰圆，肱头肌肉如鹅蛋，行事方面也有风格，但再感情上这个人不大靠得住。他一回来，基本躲在房间里看片。他弄了一个高清投影仪，几个大音响，房间加装了隔音板，里面震天响，外面听不到丝毫动静。他除了看片，就是扛着摄像机到处拍，有时候，也和村民们聊聊天。但他确实不会聊天，说着说着，跟机枪突然卡壳一样就不说了，冷峻地看着前方。有的村民原本严阵以待，等着接他话茬呢，没想到他没词了，闭口了，还一副不屑或不耐烦的样子。村民们懒得跟他多聊，倒不如逗逗诗人呢。诗人会开怀大笑，而导演不会，村民们不喜欢导演。

导演住在郊区院子里，一方面是为了熟悉生活，另一方面是想看马。他们正在拍一部网大电影，跟马贼和盗墓有关。这个村子，曾是历史上有名的马营，养过成千上万匹军马，虽然目前一匹都没有，但史书上的各种记载，让导演能在这里的深夜听到万马嘶鸣的声音。导演第一次见到罗丽莎时，罗丽莎手持一把洛阳铲，挖出一根院子里种植的胡萝卜后，高兴地旋转了几圈。那飘飞的裙裾，脸上洋溢的欢乐和眼中的光芒，让隔着窗户看到的导演有被打了一闷棍的钝感。导演眼前出现了逼上梁山、作为马贼女头领——女主角演的角色，捧起墓里盗出来的夜明珠后，翩翩起舞的场景。他深刻地意识到，自己找的就是这样的"千里马"。现在出演的女主角，不仅不能给目前拍摄的影片加分，相反会成为影片致命的败笔。目前的女主角，会像被电击一样笑起来，但笑声又会跟大太阳下的水滴被蒸干一样迅疾消失，然后她冷漠而空洞地等待导演的进一步安排。这让导演有点烦躁。女主角是制片人推荐来的，据说与投资商关系很好。女主角对他倒是满怀热情，不断嘘寒问暖，亲自调制了冰粉给他送过来，还给他擦汗。为了电影，他保持着艺术定力，毫无所动。现在一见罗丽莎，心里开始排斥起了女主角。

他起初来这个村里的目的是想看看马。村里没有人专门养马，但有为卖驴肉专业养驴的。现在农业机械化了，驴作为吃苦耐劳的农业好帮手被迫转变角色，只为满足一部分人的口腹之欲。导演没法到大草原一览万马奔腾之壮观，但可以从群驴咴咴中找到一些启示。不过，这两年，有些人点名要骡子，这家养驴户会专门找种马来配种。那匹种马雄起起气昂昂，见到母驴有点烦躁，这儿嗅嗅，那儿闻闻，摇头摆尾，前腿乱蹬，似乎想后退。有人前呼后拥，帮忙把那事儿完成了。导演心想，现在这些马连干这种事都要人帮忙，退化太厉害了。这座城市里有专门的骑马场，里面也有一些马，但太温顺了，想怎么骑就怎么骑，跑起来有气无力的，根本产生不了尘土飞扬马嘶鸣的效果。导演观察马的期间见到了罗丽莎，便成天想的是罗丽莎骑上一匹像赤兔马一样的骏马，应该配上什么样的动作和神情。他这个本子里设定的女主人公是个误入马贼窝后当了头领的女英杰，又是盗墓者。

在诗人眼中，导演应该有女朋友，而且不止一个，因为来看望他的女孩子还挺多，每次见面都要拥抱，弄得诗人搞不清到底哪个才是她真正的女朋友。导演每次进城，诗人说他能感受到导演哪一次是约会，哪一次是拍片。但丈母娘看着导演那张胡子浓稠的脸，丝毫看不出有什么区别。导演见到丈母娘，大多只是点点头，并不像诗人一样，一阵子大姐，一阵子阿姨，一阵子房东，一阵子女王，喊得欢呼。

有次在"暂闲亭"里吃饭时，导演尝试着邀请罗丽莎来拍电影，说她天赐尤物，天赋异禀，天然光环，是深藏鞘中的宝剑，是幽谷中的芳华。面对导演的热诚，罗丽莎淡淡一笑，眼中光芒乍现，说目前你拍的电影我不喜欢，你什么时候能拍一部像《这个男人来自地球》这样低成本，故事紧凑，想象力无限的电影，我就当你的女主角。你最好能加一些科幻因素，把背景放入宇宙星空，尝试拍成《星际漫游》那种类型，我可以在几个星球里同时生活，还可以看到逝去的亲人。导演知道有这两部影片，大学里老师推荐过，但没认真看完。听罗丽莎这么一说，就连夜回去补习功课，才发现自己当年导演专业就没认真学，这么好的电影，居然没看过，成天想着用那些奶油小生来拍匪夷所思的马贼和盗墓的故事。他意识到这辈子不可能拍出这样伟大的电影，罗丽莎注定看不起他了。这让他陷入了某种精神自戕。他跟炉中烧红的铁块样被凉水一激，彻底冷却了下来，抑郁了好几天，在多方鼓励之下，才决定振作起来，先完成马贼这部商业片，然后再拍罗丽莎所希望的科幻电影。于是，再遇到罗丽莎时导演有点不知所措，像个犯了错的小孩。

五

画家天天支一块板子在院子里画画。在村民看来，他画的还没隔壁家上美术班的初二学生徐小淘画的好看。但画家作画时凝神屏气，心无旁骛，俨然像要完成世界上最伟大的画作一样。这时候有人要是打扰他，他立即会破口大骂，表情十分狰狞。可以说，这几个租客中，他脾气最不好。他披头散发的样子，让我丈母娘几次错认有陌生女人闯入，我丈母娘好心地叫了一个理发匠到院子里，让他给画家理发，画家烦躁之极，恨不得把画笔戳到对方的眼窝子里，让对方滚蛋。画家说你再不滚蛋，信不信我把颜料泼你一身。理发匠自然不服气，拽什么你，不就会画个破画么，我家三个小孙子都会画，还比你画得好呢！但画家睥睨的眼神和桀骜的姿态，以及身上充斥的艺术家气息，让他心里打退堂鼓了，说这个长发可修理一下，不一定全剪掉。但画家没时间跟他废话，厉声说你不走，我回我房子行吧？收了画板走进房间，把门甩得震天响。理发匠走了，我丈母娘心想，怎么找来这么一个女里女气还流里流气的租客。

画家觉得他和罗丽莎的相遇是一系列偶然的结果。偶然会带来某种必然性。老院子招聘启事发出来时，要不是他刚好跟女朋友分手，决定把前女友留下的几条裙子还有一些化妆品在一个网站的二手市场板块里卖掉，捎带看到了招租启事；要不是他看到了这个启事，觉得这个院子不错，顺手发了自己的简介，就不会有接下来的应聘；要不是他刚好来这个村子写生，想起招聘的事，就不会参加面试；要不是他面试时颜料用光了，着急出门去买，就不会差点撞上罗丽莎；要不是他差点跟罗丽莎撞个满怀，就不会选择留在这个院子里。画家觉得自己和罗丽莎之间是无数个"要不是"的结合体。现在"要是"跟罗丽莎在一起，会是怎样一种体验？这成为他当下的追求。他认为在五个租客当中，他是第一个认识罗丽莎的，有优先权。他画了一幅罗丽莎的肖像，送给了她，结果罗丽莎淡淡地说，她喜欢《戴珍珠耳环的少女》那幅画，画里那双眼睛，那么沉静和美丽，你什么时候能画到那份儿上就好了。

画家说他不喜欢维米尔那一套，他更喜欢天马行空、富有想象力的创造。罗丽莎说自己最喜欢想象了，遥望星空，对月独酌，心想万一有一天，红色的太阳撞到蓝色的地球，会产生什么样的情景呢？地球瞬间灰飞烟灭，人怎么办？能否有一个人，像火箭一样窜出来呢？如果你能画出一幅这样的星空撞击图，把我也放进去，那可最好不过了。

画家目瞪口呆，他的想象力已经够天马行空了，他把一些人想成了狼转世、牛转世、公鸡转世、蚂蚁转世等，已经够为奇特的了，没想到罗丽莎居然如此不可思议，更有如此古怪想法，是不是科幻电影看多了？罗丽莎看透了他似的说，艺术、技术、科学，其实是一墙之隔，你应该听过莫尔斯电报码的发明人，也就是今天所说的"电报之父"吧？

没怎么听过，我不关心电报。

他其实当年是一位当时非常出名的画家吗？莫尔斯画一张肖像的收入，是当时普通人半年的收入，你不妨学学他。

我去找找看。

记住，一定要注意细节，眼神，用我这双明艳的眼神，秒杀整个星空。罗丽莎笑着对画家说。

画家早就发现罗丽莎的眼神与众不同，明净中流露出一丝丝的凉意，柔和中时不时冒出几丝看透不说破的智慧，沉静中有一些说不清道不明的狐媚……

画家被罗丽莎的眼神搞得心神不宁，头昏脑涨地回到了自己的房间。

程序员看画家失魂落魄的样子，心知画家在罗丽莎那儿受挫了，心里窃喜。前几天导演也是这样一个情状。程序员心想这些搞艺术的，虚头巴脑，罗丽莎才不会那么容易上当受骗。

程序员一大早看到罗丽莎挥动扫把清扫院子里的尘灰时，立即想出了一个高招。他从网上订购了一款智能机器人，利用自己所学的知识，对外形进行改装，并针对院子的实际面积与结构，对程序进行了查漏补缺。按程序员设定，这个叫"精卫"的机器人，每早六点半清扫院子和大门口；扫完站岗，有陌生人员来临，会提醒"贵客上门"；我丈母娘和罗丽莎通过机器人声控大多数家电；利用我丈母娘的智能手表，自动监测她的血压、血糖、血脂等指标，一旦有呼吸困难、心跳异常等紧急情况，会自动拨打 120 并告知相关信息等。当然，这是一款智能机器人，而且根据院子里的情况会越来越智能，要不是罗丽莎以侵犯隐私的名义，让程序员删除了许多设定的程序，智能机器人会每天端茶倒水伺候罗丽莎和丈母娘，并提醒上厕所、睡觉、吃饭等事宜。

程序员梦想有一天自己编写的代码，人人都能使用，并赞不绝口。为此，他在房间里放了几大箱可乐和方便面，拉严窗帘，一个劲地敲打着键盘，没日没夜地工作。他是图安静搬到这里的，也看中了这里的风景和空气。他还养了一只猫，码程序的时候，猫在他怀里打呼噜，他不在时，便在房里喵喵喵叫唤个不停。丈母娘让他的猫出来活动活动，他不愿意，说猫早习惯了。程序员每天要求自己至少写 10 行代码，编写完还要测试、调试、存档，如果写不出来，就非常自责，睡不着。我丈母娘担心他老待在房间里会闷死，动不动会敲一下门，确认他还活着。但丈母娘敲了几次门后，发现程序员非常不高兴，脸阴得能挤出水来，说把他的灵感给赶跑了，思路给弄没了。这让丈母娘一度以为他是个作家，像柳青、路遥等人一样写小说呢，但他不抽烟、不喝酒，只喝可乐，吃方便面，有时会老远地叫来外卖，让人觉得又有些不一样。罗丽莎来到院子里时，程序员会满脸堆出笑意，丈母娘才知道，这家伙的脸皮原来不是用橡胶做的。

自从有了"精卫"这样一个智能机器人，丈母娘每次看到程序员，心里就有点怵，觉得这家伙蓬头垢面、笨嘴笨舌的，还有这等操控机器人的本事，弄得全村人都来参观、竖大拇指，这家伙会不会被邪恶的精灵妖婆附体了？于是劝罗丽莎小心点，不然会把你变成一具僵尸的。

罗丽莎也颇为头疼，甚至哭笑不得，因为程序员给"精卫"设定了一条任务：每早六点半在罗丽莎窗下播魔性的起床曲，她想赖床都不行。每晚十点半又会播放舒缓的摇篮曲。罗丽莎见到程序员开始不给好脸。程序员还以为自己给机器人设定的程序不够完美，就编了一串代码，每次见到罗丽莎时，这个叫"精卫"的机器人就会开始跳舞、唱小曲，说罗丽莎公主我好爱你。罗丽莎忍无可忍，对"精卫"说了一句，告诉你家主人，如果利用编程搭建一个类似"桃花源"这样的虚拟世界，什么时候搭建出来，什么时候我才高兴。

程序员一听，像秋霜打过的叶子一样蔫了，这个虚拟技术，目前是有，但这样的程序，靠一个人单打独斗，岂是一两个月能完成？这需要昂贵的设备和顶尖的团队联合才行。

六

相对而言，丈母娘和罗丽莎都挺喜欢工匠的。工匠会的手艺挺多，木工活、瓦工活、电工活、水泥活、开大车小车等。他说自己从小什么都喜欢干，就是不好好学习，高考连考了三年，每次都差那么几分。他见到罗丽莎时总是腼腆地笑笑，话都不敢说。他矮小精瘦，与罗丽莎的高挑明丽相比，有些不搭配。他干的这些杂活，村里许多人都能干，只是愿不愿意干。他是够勤快的，但机器人比他更勤快。他只能在墙上抹泥涂灰，画家几笔就能画出大家叫好的山水。他每次见到罗丽莎时总觉得手不是手脚不是脚，不知放哪儿好，不像诗人那样会笑嘻嘻地给罗丽莎朗诵诗歌。罗丽莎每次做好饭菜后，也会请他到亭子里一起吃，他基本上以吃过了之类的理由拒绝，然后又懊悔无比想着自己要是有诗人那么厚脸皮就好了。罗丽莎有时候会端来一些给他，各样菜夹上几筷子，比如她拿手点的醋熘白菜、清炒土豆、凉拌藕片、麻婆豆腐、鱼香肉丝、可乐鸡翅、醋熘里脊、红烧带鱼、水煮牛排等，他每次吃完送盘子回去时，不仅把盘子洗干净，还在盘子里装满瓜果，并且瓜果越来越高档，有时送回的一盘剥好的大颗粒夏威夷果，市值二百多块。丈母娘心疼地说，你一天才挣几个钱，要学会过日子，又私下里给罗丽莎说，你不要让工匠痴心妄想了，虽然我觉得有个这样的孙女婿挺好，但你俩怎么也不搭。

罗丽莎说，人无贵贱，只有分工不同，你怎么知道我俩不搭？罗丽莎对工匠挺好，有时周末洗衣服，还把工匠的脏衣服要过来，扔到洗衣机里帮忙给洗好。这对工匠来说，几乎是一个莫大的激励。不让用盘子送高档瓜果，他想来想去，开始送化妆品，欧莱雅全套化妆护肤品，一盒子下来差不多有一万，够他几个月的工资了，他说是看到了就给罗丽莎买的，表示一下感谢。罗丽莎收到后，觉得问题大了，就叫过来问工匠："你意思是我还不够美，跟土坯墙一样，还需要往上涂抹点什么吗？"

"你——你——你当然是世界上最——最——最美的女人，可我——也不是那——那——那个意思，你——你——你还是收了吧。"

"你是担心我有一天老去，想让我用化妆品来保养自己吧？看不出啊，小工匠，你还这么爱年轻女人。"

"我——我——我——只要是你——你——你的话，我就——就——就——喜喜喜欢……"

"小工匠，我看你比我小好几岁，明人不说暗话，我明白你的心意，我就一个条件，工匠的最高境界就是无中生有，你如果能给我造出一个空中楼阁，不顶一根柱子，没任何承重物，答应做你女朋友。"

"暂闲亭"里古色古香，看得出当时罗丽莎外公营建时之用心。工匠发红的脸上突然变紫了，那是憋的，他觉得罗丽莎委婉地拒绝了他。他急得想哭，想知道自己除了是个打工者，哪儿不好。他可以保证好好照顾她一辈子，现在这个世界，实心实意的能有几个？再说了，只要踏实干活，让她吃香喝辣也不成问题。但他知道，他不能保证她每天能开心，毕竟自己没什么文化。他也偷偷在看一些书，但发现所谓文化实在是博大精深，比他的手艺还要难几倍。有时一个问题开窍了，比自己完成一件活还要开心。

工匠偷偷观察罗丽莎的表情，绝无通融之余地，于是万念俱灰。工匠心想，空中楼阁鲁班祖师爷都没造出来，自己就一个打工的，能造出来吗？他在房间里恸哭了一夜，听得隔壁的程序员忍无可忍，冲过去踢了一脚门，说男子汉大丈夫，哭哭啼啼的像什么话。两人在院子里扭打起来，惊动了一院子的人，都去劝架。诗人把工匠拉回房间，陪着灌了一瓶白酒后，才明白工匠之痛苦。诗人一拍大腿说，我也遇到了这个问题，罗丽莎的想法不着边际，完成起来难上加难，停杯投箸不能食，拔剑四顾心茫然，你明白吗？我就一诗人，我哪有本事写出"窈窕淑女，君子好逑"这样的诗句呢，换成今天的白话文，就是"漂亮的女娃子，老子想追你"，你说我这样写出来给她，她会满意吗？所以我也苦啊！

两人抱头痛哭，借酒消愁，沤在心底的话一箩筐一箩筐地往外倒。第二天醒来，已是红日高照，两人发现昨晚大被同眠，吓得赶紧分开，见面都不敢说话了。倒是程序员不计前嫌，对工匠说，你这四川佬，忒心急了，空中楼阁不是一天建成的，但也不是不能建成的。

工匠问他，这话什么意思，你要看我笑话不成？

程序员说，咱俩合作，保证让他三人连边都沾不上。

七

城郊的太阳无比明净，不像有些城市里的太阳，周围总有一圈朦胧的光晕，使得太阳看上去那么无精打采，昏昏欲睡，黯淡无光。后来我们了解到，罗丽莎对所有的追求者一视同仁，她觉得自己中意的人，一定能做出一两件让自己赞叹的事情。当然，她清楚地知道，万事有定缘，有些事只能尽力，而不能苦求结果。院子里这几个对她有意思，学校里、兼职的公司里，对她有意思的人多了去了，她不可能答应每一个人。但生硬的拒绝又不是她风格，她只能委婉地提出自己的想法，让对方知难而退，没想到院子里的这五个人在爱情激素的催化下，像一只只燃烧的狐狸，并未放弃，你追我赶的，想方设法要去完成设定的计划。

因为眼里有了罗丽莎，导演越来越看不上女主角假大空的演技和拍摄状态，有一次在现场大发雷霆，把女主角给凶哭了。女主角伤心万分，回去跟投资商哭诉，投资商便和导演沟通，意思是要对女主角多关心、指点、帮助。投资商说话还是非常客气的，但导演的措辞非常冲，说王总，我觉得小倪不适合演这部片子，小倪的形象应该是小家碧玉型的，演一个公主丫环什么的还比较合适，演这部片子气场上压不住的。投资商说，是这样啊，看看有没有可挖掘的余地？导演便不管不顾地说，为了这部片子，我觉得该把她换了。投资商说，换了她，你觉得谁合适啊？导演说，我发现有一女研究生，各方面条件特别好，我可以找她谈谈。

投资商跟导演聊过不久，制片人提出投资方要撤资，如果不撤资，就要求更换导演，认为导演水平不高，没办法驾驭这部片子。制片人的意思也非常明显，要么你去赔礼道歉，要么打包回家。导演郁闷之极，回到了城郊的院子。

导演闷在院子里一连几天除了上厕所，一直把自己关在房间里。这让画家有点纳罕，也有点不习惯，就问导演怎么啦，片子杀青了？导演说还没呢，他们把我给辞了。画家一看，导演不像开玩笑，便冷峻地说，我就不喜欢电影，每一幅画面那么死板，失去了内容、色彩、光线上的想象力，什么玩意儿。导演白了画家一眼，懒得争辩，转身打算离去。这时候一辆大货车来到院子门口，车主一进来就冲画家作揖，说王老师，你的大作，走得太俏了，希望能多给我们几幅，价格您定，好说好说。画家慢吞吞地站起来，说前天在你们画廊已经放了两幅了，我这是艺术品，不是印刷机印出来的，好吗？每一幅都不可替代，It's a unique work of art，understand？（这是独一无二的艺术品，明白吗？）这个穿着一件鳄鱼牌衬衫的车主，应该是画廊老板，唯唯诺诺，一个劲地作揖，意思是还得给几幅作品，有几位年轻顾客，就在店里，坐等王老师您杰作呢。画家一反常态，掷了画笔说，让他们等着去，我不画了。画廊老板跑过去，轻轻说了一句什么，画家点头同意，带着他进了房间，把以前画的那些根本无人问津的习作拿出来，签上名让人搬走。画廊老板喜笑颜开，一股脑儿抱上车走了。

导演纳闷儿，以前不是一幅画都卖不出去吗？怎么这么抢手了？画家扔了一根雪茄给导演说，你尝尝，这家伙刚送我的。导演猛吸一口，呛得连连咳嗽。画家说，我这不是转型了嘛，罗丽莎想看到自己在太阳撞地球那一瞬间会是什么样子，我就想啊想，想啊想，越想越觉得那色彩、那场面、那声响，不就是世界末日吗？虽然我们看不到这一天，但不否认这一天不会到来啊！我脑洞大开，人活在这个世界上，为什么想些不着边际的事情呢？精神需要啊！精神需要虚的，咱们就别来实的。你说现在实实在在的东西，你进大型商场，够不够丰富？现在的手机，什么画面拍不到？我就开始画星空爆炸，没想到市场反响不错，有评论认为我用色大胆、想象瑰丽、题材独到什么的。导演说那你就多画几幅，多赚一些。画家苦恼地说，就我一个人，三天出一幅还是不够。导演说，我以前也学过画，既然你的画这么抢手，我来帮你画，署你的名，收入五五分成如何？画家说，行，你就别摆弄你那些破机子了，跟我学画画，没问题，但不能署我的名，我可以向老板推荐一下你的画。

于是这两个长头发的家伙，连天连夜在院子里支着画板画起星空大爆炸来。画家还买来一台高倍天文望远镜，不时观测一阵。罗丽莎也喜欢观测星空，有时会观测到深夜。村里的小孩们一看院子里有一台高倍天文望远镜，纷纷来围观。起初画家还有耐心给调一下焦距什么的，后来烦了，提出看一次收一百，村里小孩就不来了。

两人专心于画画，边画边讨论。画家觉得从远处看，太阳不过就是个微不足道的橙色玻璃珠，就跟儿童玩具似的，怎么能爆发出那么大的能量呢？导演说这就不对了，你拉近看，他就跟个体积巨大的超级火球，像暴怒的猛兽在喷吐火舌，还在不停跑动着，一旦撞上地球，地球顷刻间灰飞烟灭，这是毫无疑问的，关键是地球都毁了，人怎么可能活着，哪有时间看着这两个星球撞在一起呢？画家说，很可能，罗丽莎观察的视角，应该在空间站里，那时候的人类，应该随时能到宇宙太空中旅行。导演说，这有可能，但问题是这怎么构图呢？画家说，就用我们传统的散点透视法，老祖宗留下来的这种方法，不管远近，比焦点透视好。导演说，罗丽莎为什么老想着星空旅游、太阳撞地球这类不着边际的事呢？画家说，说明这丫头小时不在父母身边，内心缺乏安全感。导演说，也有可能想拯救人类。画家说，我这两天不断给自己科普，太阳是恒星，地球是行星，太阳会在核聚变中塌缩而走向死亡，变成星云，在这之前它会因为自身的不稳定，会撞到不少的行星身上，地球也难幸免，被撞得七零八落，残骸会飘浮在太空中。没有了太阳，太阳系中就没有了光，所以我们看到的残骸应该是人造光打出来的。导演若有所思地说，自己看到了一幅幅的画面，跟电影的每一个镜头一样，如果在撞击之前有一个巨大的飞船，能把所有的人送到另一个跟地球类似的星球上，那么人类在宇宙中会一直存在下去。

程序员上厕所时，看画家和导演交头接耳，听了几句后，忍不住插话说，现在不是在建元宇宙吗？人类只要保存智慧，在虚拟的网络里，就可以长存下去。导演说，虚拟网络世界能搭建出一个一模一样的地球吗？程序员说，元宇宙就是一个开始，这里会有仿真度极高的镜像世界，也会有多重虚拟世界，一旦技术一到奇点，就可以实时测绘、建模，把现实数字化，变成虚拟的。画家说，你的意思是，现在的世界有可能也是虚拟的？程序员说，不管现实是真的还是假的，你至少可以考虑在元宇宙中搭建新的星空。

八

诗人这段时间被猥亵案折腾得死去活来。监控拍摄间接显示，该女子被猥亵时，只有诗人经过那里。罗丽莎去看诗人的时候，问了一句你见过受害者吗？诗人当然说我没见过，河边有跑道，我对跑道熟悉，又去得早，一看前方无人，大多时候眯着眼听着音乐跑步的，两边出啥事，我看不到。罗丽莎说我们要相信法律的公正，同时要积极提供线索，你再想想。诗人搔头挠耳，怎么也想不出来。这种事情，深更半夜的，又在监控盲区，真不好说。那受害者早早来到河边，本来想挖点野菜凉拌吃，谁知道被人从身后捂住嘴，吓唬她说别出声，然后从身后上上下下摸了个遍，掉头就跑了。受害者转头只看到一个光身子逃离的背影。

罗丽莎问诗人："你身上有什么特殊的体味没？"

诗人一愣："这有什么关系？"

"问问受害人，到底记住了嫌疑人什么味道？"

"我想不清楚。有些人身上说我有狐臭。"

"是的，你有狐臭，特别是出汗的时候，如果你从院子跑到河道边那个位置的时候，应该出汗了，你在出汗时狐臭气味会有所加重，如果两个人身体贴得非常紧，她如果不是嗅觉失灵，就会闻到你身上的狐臭味。"

"你闻到过吗？"诗人尴尬地问。

"闻到过一两次，所以你要勤洗澡，注意卫生。"

诗人嘿嘿地笑着掩饰尴尬，随即向警方指出了这一点。该受害女子说，她没闻到狐臭，相反，倒闻到了一股浓重的酒味。诗人说，他虽然号称"斗酒诗百篇"，但酒量实在拿不出手，平素喝一两杯就倒了，更不用说一大早喝酒了。

警方思路一转，通过调取头天晚上的监控视频、附近几条街道的监控视频，以及找到的附近的一个空酒瓶子，很快抓获了另一名犯罪嫌疑人。该嫌疑人不待警察开口，就主动承认了自己所做的一切，说那晚他心情不好，提了一瓶白酒到河边的树林里喝完后就醉了，睡到夜半，天气燥热，他就脱光了身上的衣服，美美睡了一觉，清晨被风吹醒后，看到不远处有一妇女撅着屁股在挖野菜，不知脑子里哪根筋不对路了，冲过去就乱摸一通，摸了一阵子，下面没啥动静就掉头跑了，跑的时候顺手抄起了自己的衣服鞋子。

诗人被无罪开释，回到院子，一个劲地写诗感谢罗丽莎并讨教她为何比他聪明，罗丽莎被烦不过就说，理性，诗人可以是感情的爆发器，但要用理性来发射。罗丽莎给诗人讲了英国的一对好友诗人拜伦和雪莱。拜伦有个女儿，叫埃达，继承了诗人父亲的想象力，同时靠自己的理性思维，成为了世界上第一位程序员。雪莱的第二任妻子是一个科技迷，非常理性但不乏感性，写了一本著名小说《弗兰肯斯坦》，是讲人造人的，现在许多人还热烈讨论其中的文学及伦理价值。

诗人听完，顿悟了一样，连夜写了这么一首诗：

"每天清晨我在跑步

像我一样奔跑的人不在少数

健康万岁　快乐万岁

没有一个人希望自己得病

但很多人确实病了

病得不轻

当那一刻来临

死神在暗夜里无端招手

流言蜚语像子弹

击穿我的大脑

我像僵尸一样

被命运的符咒调遣

陷入蛛网般无能为力

明月何时低声诉说不平

女神凌空而起

开天辟地

一个美丽新世界

跟一阵新雨样扑面而来

……"

诗人不再那么个性飞扬、癫若疯子，相对沉稳了一些，还动不动跑到程序员房间看程序员是如何编码的，不断给程序员讲他祖师爷就是大诗人拜伦的女儿。这时，工匠却出事了。

工匠要建空中楼阁的事，村子里几乎人人皆知了，大家纷纷建言献策，但没有一个靠谱的。工匠愁眉不展，思虑万千。丈母娘喜欢工匠老实，一看这个样子，就责怪罗丽莎，好端端一个人，让你弄得神经病一样了。丈母娘劝慰工匠，你不要胡思乱想，莎莎这个孩子，就瞎胡扯呢，莎莎就是不想找男朋友，推脱呢，世界上哪有什么空中楼阁？

"莎莎那么聪明，她不会胡要求的，我相信，一定有办法造出空中楼阁。"

工匠额头上的青筋鼓胀，绞尽脑汁想着如何建造空中楼阁，神经每天像琴弦一样绷得紧紧的。这段时间，他在城里给一户人家搞装修，他是泥瓦工。这户人家在二楼。一楼带院子的房间里，住着一对老夫妇，三楼住着一对年轻夫妇。一楼的老头残疾了，经常看到老妇人推着轮椅上的老头，在小区里游逛。三楼的年轻夫妇，三十岁左右，经常一起上下班，不坐电梯，走楼梯，路过二楼时，会叮嘱几句，中午时别开工，会吵到午觉的孩子。他挺羡慕这对恩爱的夫妇。但有一天，他在搭阳光房的钢筋架子时，站在脚手架上，头探到了三楼窗户外。他抬眼一望，吓了一跳。三楼的女主人正跟一个男人在沙发上做男女那点事。两人都是面对着窗户的，男人无比卖力。一看到他的大脑袋，屋里的两人惊吓万分，站直了腰。工匠一看就明白了，这个男人不是平常见到的男主人。想起平常年轻夫妇手拉手甜蜜之极，没想到还有这么一出。工匠赶紧缩了脑袋，装作什么也没看到，溜下去干活。但过了不久，女主人以家里水龙头坏了，需要找个人帮忙为由，指定让工匠到家里帮一下忙。工匠支吾着不想上去，用眼神示意另一个工友上去。但女主人说，师傅，就你了，我知道你能行，走吧。工匠进了三楼的房间，惊诧于里面装修之精致。女主人在他面前，并不羞愧，平静地拿出一沓现金说，师傅，一点心意，你收下，关于你看见的事一个字也不要提。工匠当然不要，说不会提的。女主人说你不收下我不放心，那你看，还想要什么？工匠支支吾吾的，什么也不要。女人有些不耐烦了，说你把手机拿出来，让我检查一下，看你有没有拍照。工匠死活不愿让她检查手机，因为相册里有他偷偷拍的罗丽莎干活的几张照片。再说了，凭什么检查我的手机？女人说，不要给脸不要脸，没有人会相信你说的话。工匠说，我还没见过你这样的，做了丑事后还这么不要脸。女人渐渐不再强横了，哀求说，兄弟，你知道，万一传出去意味着什么？两个家庭破裂不说，对孩子也不好，你能明白我说的意思吗？工匠点点头。女人说，兄弟，那你删了吧。工匠说，我没拍。女人说，我不信，你让我看看你手机。工匠迟疑了一下，还是不给看。女人突然脸色一变，咬牙切齿地说，你想干什么，我都答应你，只要你让我看一下你拍的照片，你要什么，我照做，做完你删除照片后走人。工匠不敢看女人气急败坏、破罐子破摔的样子，低着头说，真没有，你放心。女人急了，猛然冲上来抢手机。他一把把她推到沙发上，冲了出来。

他一口气冲到楼下，想喘口气。一楼的院子里，大团大团的芍药花开得正欢。他看到老妇人端着茶杯，仔细品茗，旁边还有一位老人正在读一本书，因为离得近，他能听到老人读出来的每一句，其中有这么两句，他记在心里了："我说不清。一些用言语说出来就会显得十分可笑的东西。我害怕生活突然变得太现实了，我不能忍受过去生活中的美从此丧失。思嘉……"

后几天，三楼的男女不再肩并肩手牵手一起走楼梯上下班了，工匠也不去那个小区干活了。工匠到了另一个工地上，在脚手架上干活时，想起天马行空的罗丽莎提出的空中楼阁，想起前两天偷情的少妇，想起白首的老夫妇，他恍恍惚惚地从脚手架上一跟头栽下去了。他先像一只萝卜一样倒着向地上掉下去，他以为自己会这样倒立许久。实际上下面是一块空地，旁边还有一堆砖，一堆沙子，他的脑袋沉闷地砸在了空地上，身子无声无息地倒向一旁。他的脑袋撞到地面时，他意识到自己对罗丽莎的情感无非是一场一厢情愿不切实际的空中楼阁。

九

在这个炎热的夏日，每一个角落里都能听到，蛐蛐穿透力极强叫声，有时绵长得令人头皮发麻。工匠被送到医院的急诊室，急诊大夫对工友说大脑受损，没希望了，工匠就被送回城郊的院子里。一回到院子里，工匠睁开了眼睛。丈母娘吓坏了，以姑且一试的态度，赶紧找来村里的老中医把脉诊断。老中医说需要静养，给开了几服药。丈母娘在熬药时，罗丽莎回来了。罗丽莎把药端到小工匠面前给他喂药时，工匠觉得罗丽莎关心的眼神就像奇特的止痛膏，他的疼痛立刻减少了一半。他喉咙里咯咯咯的，想说声谢谢。罗丽莎用湿毛巾给工匠擦脸，说你好好养伤，我们等你好起来。工匠还想说什么，罗丽莎拿来纸笔，工匠歪歪扭扭写了几个字，我还好，不要给家里打电话。工匠写完，像耗尽了体力一样，闭上了眼睛，不再说什么了。罗丽莎轻声说，你不要多想，你会没事的。接下来的一个多月里，工匠在床上拉屎撒尿，几乎全由诗人接送操劳；丈母娘天天给熬药，做好吃的；罗丽莎一到院子里，首先就是给工匠读散文、小说、诗歌，还给喂饭、擦脸。如此夏去秋来，工匠居然康复了，除了说话时稍有点磕巴外，他走动自如了。

工匠还是想建空中楼阁。

程序员对工匠的执着嗤之以鼻，说空中楼阁只有在虚拟世界中有，我可以用动画模拟出一个，现实世界中？做梦吧。

诗人说："真作假来假亦真，庄周梦蝶，何者为我，何者为蝴蝶，自己都搞不清楚，工匠啊工匠，你不用造一个真实的空中楼阁，你可以给她画一个空中楼阁，彩绘的，画家不是在哪儿吗？让他画。"

工匠突然脑洞大开，眼睛跟接通电源的灯泡一样明亮。这个世界真真假假、虚虚实实，眼前看到的，哪个是真，哪个是假，他自己也分辨不出来了。他想到自己装修过的一栋别墅里，女孩的房间要求全部绘墙绘，画面是星空。他找了两位大学刚毕业的美术生，描绘了一个多月，完成后灯光一开，宛若置身于宇宙星河中。这样的星河，让女孩欢喜不已，成天觉得自己遨游在宇宙中。要是自己利用灯光技术，加上各种彩绘布景，通过最新的 AR、全息技术等，能不能让罗丽莎在院子的"暂闲亭"里体验到空中楼阁的感觉？

"人类都能登上月亮了，空中楼阁怎么会建不出来呢？"

为此，小工匠开始学习虚拟技术的相关知识，他花了不少钱，上了不少课，请教了诸多的灯光师、摄影师、布景师、道具师等，还借来一大堆书，没日没夜阅读。诗人说，中国的科学家们要是有他这个劲头，早就拿上诺贝尔奖了。后来罗丽莎回忆说，不知是被工匠的精神感动了，还是工匠特意邀请了，程序员、诗人、导演、画家，都先后加入了他的团队，跟他一起搭建空中楼阁。九月九日重阳节，也就是罗丽莎生日那天，工匠宣布：他要在空中楼阁里给罗丽莎过生日。

这个消息传出来后，远方的我们也吓了一跳。

工匠邀请我丈母娘晚上一起过节。丈母娘说，你们年轻人要闹腾，我一个老太太熬不了夜，就不参加了。

当日，罗丽莎去了学校，丈母娘跟其他老友沿滨河一线游玩去了。工匠请了一大堆人，在院子里忙来忙去。声光道具等早就做好了，而且根据院子的长宽度已经实验过许多次了。今天主要是连线，现场测试。导演拿出他指挥剧组的架势，把现场的工人指挥得团团转。村民们看到，墙头屋顶，树梢地窖，围绕整个院子，架起了许多奇形怪状的设备。"暂闲亭"里，准备了六套像古代打仗时用的软猬甲般的设备，上面贴了各种传感片，据说是全身穿戴的体感 VR 套装。整个亭子地面上铺了一层厚厚的红毯，下面是密密麻麻的电线和小型设备，已成为一个充满各种感官触点传送的虚拟实验室。

那一晚，罗丽莎回到院子里时，天已经黑了。

罗丽莎直接被带进了亭子里，坐到设备座椅上，然后穿上体感套装。

随着灯光一开，亭子里一张八仙桌上，摆了一个大大的蛋糕是现实里再能干的糕点师也做不出来的。那块蛋糕有三层，顶端站着一个漂亮的微缩版女人，美艳绝伦，是罗丽莎的全息投影。

罗丽莎惊喜地欢呼了一声："真漂亮，能吃吗？"

"可以的，这是特意制作的，吃的时候味蕾能体验到各种味觉，吃下去有饱腹感。"程序员解释说，"不过，现在请转头，看看外面。"

向亭外看去，"暂闲亭"外居然有了飘浮的白云、高耸的山岭、飞来飞去的鸟儿。不仅如此，在特效的渲染和体感设备的作用下，她已经身处在半空中，能感受到空中吹过来的阵阵凉风，也能感受到白云拂面的清凉，还有鸟儿从眼前掠过时翅膀扑打的动静。这是秋高气爽的季节，低头一望，亭子位于崇山峻岭之间，她略有恐高，赶紧坐稳抓紧，下面是空荡荡的峡谷，绿毯般的草坪，潺潺的小溪，还有一大片一大片的菊花。

"登高赏菊是重阳节的风俗，那菊花可是实时传输过来的世界上最美的菊花了。"诗人解释说，"待到重阳日，还来就菊花。这时候，喝一杯菊花酒，吃一块菊花糕，自然是人生美事了。"

每人眼前飘过来一只酒杯，还有一碟淡粉色的菊花糕，像无形的手送过来的。

众人品尝完毕，随即，楼阁不断上升，如火箭一样飞出了大气层，紧接着眼前一晃，所有人一下子置身于宇宙星空之中。广袤的夜空中，无数光点在闪烁，一颗小小的流星无声无息地滑过，一个光芒四射的球状物向这边飞来，感觉马上就要撞到"暂闲亭"了。大家看着这个暴怒的怪兽冲过来时，明知是假的，可还是忍不住惊叫了起来。随着亭子一阵晃动，大家感觉快被震翻了，五脏六腑都要被倒腾出来了。就在这时，这颗行星已经擦身而过，飞向了宇宙深处。接下来，"暂闲亭"就像一个航天器，在太空中飘荡着，快速向太阳系外驶去。

罗丽莎脸上放出光彩，欢喜异常，导演觉得，她像极了拿到坟墓里夜明珠的女响马。

"看，那颗就是比邻星，你们知道从比邻星上打电话给地球上的人，需要多长时间吗？手机铃声大概会在四年两个月后响起，你回复过去，最快也将在八年四个月后到达，但是量子之间是不会这么久的，即便是在两个星球之间也可以瞬间感知到。你们知道量子纠缠吗？"诗人指着远方，摆弄他的学识。

几个人摇摇头。

渐渐地，一颗蓝色的星球由远及近，在太空中看起来无比美丽，熠熠生辉，这就是地球。随后，大家看到一颗喷着巨大火舌的巨星，那是太阳，以极快的速度旁边掠过。灼烧感一下扑面而来。令人目瞪口呆的是，太阳向小如豆粒的地球冲去，只看到火光一闪，地球融化在了太阳的光芒里，随后一片多彩的尘埃云，向太空深处扩散而去。

"我们终将面临的劫难……"罗丽莎脸上怔怔地流下眼泪。

画面闪转，一个少女的面庞浮现在太空中。她眼神里的无望、悲怆与期冀那么明晰。她的眼前，是被吞噬掉之后散裂的地球碎片和灼灼闪耀的太阳。因为目睹了蓝色星球的消失，她脸上流下了一串泪水。

这是画家的作品《少女之泪》。

一个浑厚的男中音吟诵着一首诗，读出的每一个字，依次在空中浮现了出来，逐字逐行增加。

　　我不奢望在你怀里度过此生

　　只希望你疲惫的身躯里

　　有我存在的记忆

　　我随风飘逝

　　像一缕浮云化为乌有

　　并不是我离开了你

　　为了更遥远的眷恋

　　为了你的气息和芳香

　　隐入到更深邃的时空里

　　纠缠到你的灵魂中

　　像两颗量子态的粒子

　　再遥远的距离不是距离

　　再难懂的语言不是问题

　　随心而动　不离不弃

诗句慢慢淡出。接下来，尘埃向太空深处消散，一艘巨大的太空飞船慢慢进入人们的视野。这是巨大的宛如诺亚方舟的飞船，造型之奇特和体形之巨大，令人震撼。上面坐满了密密麻麻的人，还装载有世间万物。随着镜头一晃，几个人随机进入了飞船的驾驶舱。罗丽莎驾驶着飞船，大家也分别有不同的分工。在罗丽莎的坚持下，飞船在不同的星球上几次降落，又经过一系列的战斗，几次脱险起飞，最终向更遥远的星云驶去。到了最后，只剩下罗丽莎等几个人，架着飞船，穿越虫洞，落在一个自然环境跟地球近似的星球的一个岛屿上。

一路太过惊险，大家长长地喘了一口气。

导演说："这是我根据我和画家画的星际探险图编的本子，程序员根据我的分镜头示意图找一家公司制作的 VR 游戏，这个游戏里，设计了十九种可能的结果，罗丽莎带着我们，选择了最美好的一个结果。"

闪白之后，大家下了飞船，才发现这里是一个四面环海的桃花岛。这个世界阳光明媚，蓝天白云，桃花绚烂。有一位老者在桃花坞里做饭，罗丽莎一看，居然是自己的外爷。老人跟生前一样，见到罗丽莎，乐呵呵地，张开怀抱……罗丽莎泪眼迷离，扑入老人怀里。她感受到了老人的体温，呼吸，手掌的抚摸。老人说："孩子你大了，越来越大了，高了，漂亮了……"

"外爷，我好想你……"罗丽莎抑制不住，撕心裂肺地哭起来。

十

后来罗丽莎跟我妻子交流时说，要是没有那场大暴雨，或许那晚，自己必须得在这五个人中选一个，接受他的表白。因为当时外爷的出现，让她情绪几乎失控了。那夜给了她启示，她回校后，开始埋首写一篇后来被各大报刊转载的艺术理论实践方面的论文，再等她出国交流一年回来时，诗人他们五个人早已各奔东西，丈母娘也到深圳居住了，院子里音声希绝。

确实，谁也没想到，那晚，一场暴雨不期而至。这场雨来得急、来得奇、来得猛，像突然掉落的陨石粒，几声惊雷之后，噼里啪啦就打下来了。大家身着穿戴设备，投身于虚拟世界之中，根本没有意识到外面下雨了，还以为是系统设置的虚拟世界里的，觉得仿真度极高。但声响光电之中，一声惨叫忽然盖过一切，灯光跟无头的苍蝇样摇摆了几下，扑哧闪黑了，一时间，眼前是一片细纱般密集的黑暗，扑压过来，覆盖住了大家的眼睛。

等大家眼睛逐渐适应过来，乌云沉沉的苍穹上，几点星光如豆，月亮如小刀，旁边撕扯着丝丝缕缕的云彩，不远处的城市灯火还在荡漾，地上是七零八落的树枝，和摆在墙头房顶处的各种灯光等设备，有股像隔夜茶一样的陈旧感。

惨叫依然不止。大家急忙赶过去，发现西北角落里负责灯光的一名技术人员被电击了。大雨滂沱中，也不知是从哪儿串电的。

大家赶紧关闭总电源，把伤者搬到工匠房间里，忙着打120急救电话。丈母娘也被吵闹声惊醒。等救护车来时，被电击的人脸色略有好转，但手脚像没电的机器人一样，动弹不得，大家七手八脚把伤者抬上救护车。120要求有工友陪护去医院，工匠和几名技术人员就跟着去了，剩下的面面相觑，面无血色。

东方一抹微红，光亮渐渐散射在院子里。

空中楼阁渐渐显出了原形，各种设备像稻草人一样凌乱。

"空中楼阁搭建得再怎么美轮美奂，还是离不开现实中的具体技术和条件。"诗人恨恨不已说。

"是的，不管什么事，都得有现实基础。"导演摸着胡须说。

"再好的创造还得在现实里生长。"画家嘟囔着。

"虚拟世界其实是有钱人的游戏，等轮到普通人随意设置自己的虚拟世界，恐怕这个世界快要走到尽头了。"程序员若有所思地说。

罗丽莎说："谢谢你们，多少人魂牵梦萦的空中楼阁，我真真切切感受到了。"

"我也没想到，效果会如此好。"诗人回味着。

"这得感谢丽莎姑娘的指点。"导演说，"我完成的星空系列画作为分镜头和我撰写的电影脚本，被电影制片厂给看中了，近期有投资商同意投资，让我来执导。接下来的时间，恐怕我没时间跟大家住在这里了。"

"我也是，自从开始进行星空素材的探索后，小有名气了，被浙江一家景区聘为特邀驻村画家，去那边创作，也要走三四个月。"画家摊开双手说。

"工匠呢？"罗丽莎问。

"工匠还在医院。"诗人抹了一把脸说，"工匠刚回消息，受伤的工友已经脱离危险了，目前各项指标正常。让我们把这些设备收拾好给送回去，按小时收费呢。工匠非常自责，我也是。我打算回家乡考个公务员，安安生生过一辈子。"

"你不适合朝九晚五的生活吧？"画家问。

"可我觉得，公务员队伍里需要我这样创造性的人才。"诗人大言不惭地说。看得出来，在罗丽莎面前，他已经摆正了自己的位置。

"我已经被广州一家公司聘请了，他们看了我编写的这段程序，请我去担任首席程序师，主要工作是给虚拟平台编码。"程序员说，"不过罗丽莎，我需要你授权，我已经根据你的形象，创造出一个你的虚拟形象，根据你说话的方式、语速和经常使用的语句、长期以来的想法等，可以自动跟我对话，我想你时，我就进入虚拟世界'临江阁'跟你共度良宵。"

大家轻笑起来。罗丽莎脸红了起来，说火了之后，记得要给我肖像权使用费。"

"这是当然，我已经向公司申请了，他们也同意了。"程序员兴奋地说。

其他人说，赶紧多建几个虚拟平台，多设计几个罗丽莎的虚拟形象，然后他们都到这样的虚拟平台里，跟罗丽莎约会。

"虚虚实实，实实虚虚，虚拟世界里的罗丽莎，每个人都能拥有。"诗人说。

"如此而言，你们都会离开我是吗？"罗丽莎淡淡笑了笑，坐在"暂闲亭"里的木凳上，"你们住到这个院子起，我看得出来，你们是有野心的，会成为杰出的画家、导演、诗人、科技狂人、建筑师什么的，比起你们的才华，我平凡得多。大家都有了自己的选择，挺好，我也准备到国外访学一年，过完年就走。"

"我们发现了，我们哪一个都高攀不上你。"画家说。

罗丽莎说："这话就不对了。其实，当你们把我当作女神的时候，我就知道我输了。人与人之间，彼此是镜子，我其实是一个想简单、平凡、拥有真真切切生活的人，收拾收拾院子，做做家务，陪陪老人等，可你们不是，你们不喜欢凡间烟火，你们更希望成为星空之中那颗最亮丽的星星，所以当你们一门心思完成我提出的各种想法时，我发觉我们不是一路人。这很伤感，但我期待你们的成功。"

几个人吃惊万分。

诗人后来说，当时听完这句话，他的胃就像吞进了不少碎玻璃一样难受。

罗丽莎深深吸了口气说："谢谢你们，让我大开眼界，让我真切地认识到艺术的无止境，艺术有无限种可能。爱情也是，也有无限种可能，看你选择哪一种。见到你们，我就在想，如何将艺术理论反馈到艺术创作，我给你们提出了个人的想法，你们居然将不可能变为可能，从你们身上，我感受到了这一点，艺术理论不仅仅分析过去，还可以启示未来。"

"你拿我们当试验品了。"画家不满地问。

"其实我们的相遇，我们的生活，哪一次不是试验呢？"罗丽莎的话轻飘飘的，像一团雾。

一夜暴雨之后，清晨的光辉亮得让人的眼睛有点睁不开。老庄子里，各种声音此起彼伏，有宰牛杀鸡的、有破碎石头的、有建筑施工的、有串巷叫卖的，不一而足。院子里，刻着砖雕、飞檐高耸的北房肃穆威严，透过树梢，亭子里的光斑叠加光斑，光圈套着光圈，地面上还有不少积水，泛起一串串夺目的光亮。

"雨后的清晨真美，仿佛大地刚刚沐浴完毕。"诗人说。

罗丽莎点了点头。

大家打量着眼前这清亮的一切。这一夜，让人感觉到了什么叫岁月悠长。

"我会终生难忘，对这里。"程序员说。

这时候，工匠也回来了，无声地加入了他们的谈心，可眼神一直在躲避着罗丽莎，有各种歉疚。罗丽莎说，后来她才知道，工匠给那位受伤的技术人员赔了三万块精神损失费。那晚的开销，工匠不说数字，但明显花光了所有人的积蓄，还欠了不少债。这是她没想到的。想到接下来每个人会各奔东西，罗丽莎打开琴匣，在院子里的弹了最后一首曲子。

诗人后来在回忆散文中写道：琴声响起来，音符像一条河流一样，载着霞光，载着骄阳，载着斜晖，穿过大山深壑，掠过和风细雨，在宽阔坦荡的平原里、无边无际的麦浪间、柳暗花明的小村中、高楼林立的城镇里穿梭，遇到阻隔时，轻盈地化成一团气，漫开到云间，飘洒在空中，融入世间万物，最终浩浩荡荡，汇入到波涛汹涌的大海里。

首套住房

这一二十年说起房子，城里大多数人，各有一本难念的经。好不容易买了一套房，住进去了，才发现房与房之间，根据地段，有点类似"橘生淮南则为橘，生于淮北则为枳"，大有区别的。有些房子老旧，但是学区房，价格一直看涨，普通工薪族梦想买一套，难如登天；有些房子新建，看着漂亮，住着宽敞，价格便宜，但在城市近郊，周围基础设施还没完善，晚上亲友小聚，打个车回家，出租车都不愿去，更不用说一大早想打车上班，叫个车，等半天鬼影子都看不着。也有一些房子，位置不错，学校也有，还是新建的，但动不动会存在房顶漏水、墙体倾斜、隔音不好、布局不佳、光线黯淡、地下车库灌水、物业服务差等问题，质量让人心冷。为了有一套好房子，外加好环境、好配置，大多数人可是想破了脑袋，愁坏了钱袋。我也是，虽然不说砸锅卖铁吃糠咽菜，大学毕业六年后，在城市的绕城高速路旁付了第一套房的首付，大学毕业十六年后，耐不过家里人的絮叨，卖掉了第一套房，费劲巴拉，换了一套名气还挺响的学区房。

我所换的学区房，刚开建的时候，属于污水横流的垃圾场，没人知道这里会成为大名鼎鼎的学区房，后来在旁边新建了一所学校，全市排名第三的小学整体搬过来，这儿的房价就跟火箭升空般，飙起来了。

也就是说，我换的其实是一套二手房了。

严格意义上，我接的是第三手。第一任房主是一对年轻夫妇，男房主叫罗志祥，女房主叫冯晓娇，他俩买这房的时候，旁边只是有个烂水塘，每平方米价格还不到现在的一半。两人贷款买下来，精心装修好，住了不到半年，因为男主人生意上出现了问题，便忍痛把房子转给了第二任房主。他欠了第二任房主不少钱，还不上，只好把房子作价给他。第二任房主想要钱，不想要房子，所以房子刚过到他名下，就挂到网上卖，前后不到一个月。我们是第一家去看房的，赶上了春节，对方急着用钱，我们着急想在年前住进去，在新房吃年夜饭。于是一拍二合，很快，首付给够，贷款批下来，房子过户到了我们名下。

除了讨价还价时绞尽脑汁的说辞和承受的心理压力外，这个过程其实比逛商场一样令人乏味。首任房主是一对年轻夫妇，装修偏简洁的工业风，我们简单添置了一些家具，就住了进去，没怎么改装。住进去后，我对电视柜旁边放的一盆文竹产生了好感。这盆文竹是首任房主留下的，株形优雅，风韵动人，长势茂盛，

150

就跟一位在云雾缭绕的西湖边跳《天鹅湖》的美丽姑娘似的。对文竹，我略有了解，喜欢湿润，开花期既怕风，又怕雨，加上对温度的要求高，不能晒也不能冻，浇水也不能多，在西北这个干燥的城市里，养起来不是那么容易的。第二任房主是个"富二代"，在房产中介公司、房产大厅等待签字时，他一直用手机打游戏，对一切满不在乎的样子。我想他不会操心好这么娇贵的花草。而且他也说了，房子拿到手后，里面的东西他根本没动过，包括这段时间打扫房间、给花草浇水，都是中介安排人去的。那么，这文竹，是首任房主留下来的。那一对年轻夫妇中，是男房主这么有情调，还是女房主用了心？我每次给文竹枝叶上喷水时，动不动会想一下。

春节过后，我到物业公司前台办理入住小区的相关手续时，物业工作人员一看我手里的房产本，"呀"了一声。我问怎么啦，她撩了撩发梢说，没什么，你们放心住，这套房子好呢，没什么问题，我们主管的房子。

我一愣，问，你们主管？

"对啊，我们物业主管。要不是她那男人混蛋，也不会卖房子的。"

我想问问房子的详细情况，另一位年纪稍大的物业人员使了一个颜色，跟我对话的年轻姑娘就支支吾吾的，不愿意详谈了。

后来有一天，我家小儿子大锤跟对门邻居家的小朋友蜜儿玩耍时，蜜儿说：

"你现在住的是婷婷的房子。"

"婷婷是谁？"

"婷婷是我的好朋友。"

"你好朋友现在在哪儿？"

"她回乡下读书去了，有时候，也会来找我玩。"

"那你跟我是好朋友吗？"

"跟你也是好朋友。但她是我最好的好朋友。"

我看到，大锤满脸遗憾的表情，因为不能做蜜儿最好的朋友。

我才知道，首任房主——那对年轻夫妇有一个女儿，叫婷婷。我妻子跟对门女邻居聊天时也了解到，首任房主离婚时，女儿婷婷判给了妈妈。她妈妈在物业上，工作忙，蜜儿父亲离婚后，整日萎靡，彻底指望不上，就把婷婷送到了乡下，跟姥爷姥姥生活。

有一天，我们正在吃午饭，门是敞开的，小儿大锤和蜜儿在楼道里玩。后来，我们听到一个童稚而清亮的声音：

"你住的是我家的房子。"明显不是蜜儿的声音。

"才不是，这是我爸爸买的房子。"大锤粗声粗气地辩解。

"是我爸爸卖给你的，你看，这是我的小柜子，这是我专门的鞋柜，这是我的玩具盒。"三个小孩走进我家，叽叽喳喳不停，婷婷对门口儿童房很熟悉，一一指给我小儿子大锤。

大锤有点不乐意："这是我买的鱼，这是我的童话书，这是我的玩具……"

“我妈妈说，我们家有事，不在这里住了，先让你们住，等我长大了，就要住回来了。”

“这是我家，才不让你住。”

“我就要住！”

两人争得面红耳赤，不可开交。大锤就推婷婷，使出了吃奶的劲，你给我出去！

婷婷一个趔趄，差点绊倒，揉着眼睛咧着嘴巴哭了起来。

我妻子赶紧站起来，批评了大锤，然后把婷婷抱到餐桌的凳子上，让她喝饮料。

婷婷的哭声引来了邻居家的大人。一个个头高挑、妆容精致、藏蓝色西服的女子蹲到孩子面前问，出什么事了？

“妈妈，我们家不给他们住了，让她们搬走！”婷婷指着我们全家说。

“这是我家！”大锤不依不饶。

进来的女子，神色有些尴尬，朝婷婷脑门儿上一指，这么点个事，哭什么哭！

“我就不让他们住，妈妈，把他们赶走！我今晚要住在这里。”

“胡说什么呢，信不信给你一巴掌，跟我回！”

婷婷不依，号啕大哭，双脚乱蹬，双手乱拍：“我不走，我就要住这里，我不让他们住，让他们走，我们的房子，不给他们住了。”

该女子神色恼怒，一把抱起婷婷，像抱起一袋米一样，准备抱出去。没想到，婷婷一把抱住了餐桌的腿，不肯离去，该女子一下子没抱起来。

我妻子在阻止大锤不要多说。我便过去劝道："婷婷不哭了，今天晚上想住，就住在这里，好不好？跟大锤一起住，怎么样啊？"

当时我想让婷婷平息下来，小脸上有面子，这样说可能比较折中。但我的话惹得大锤不高兴了，他闷声闷气地说："我才不让她住我们家！"

我用眼神制止小儿子。我妻子瞪了我一眼，对大锤说，"妹妹来我们家了，是客人，你要有礼貌，让着点。快去，把你汪汪队全部拿过来，给小妹妹看看。"

大锤给谁都喜欢炫耀他收藏的汪汪队全套玩具，听了这话，稍微乐意了点，去房子抱出来了一个大盒子，里面是树脂做的汪汪队狗狗的玩具。他犹豫不定地拿给婷婷看，婷婷渐渐止住了哭声。

"来来来，大家坐，大家坐。小孩子的话，不能往心上放，让俩孩子自己和好去，我们喝个茶吃个水果。"我继续做和事佬。

邻居夫妇也应和，"是啊是啊，小孩子的官司，让他们自己断去，我们大人聊聊天。"然后给我和妻子介绍，这是婷婷的妈妈冯晓娇。

这是个年轻的女人，站起来，个头一米七以上，约莫二十五岁左右，大大的丹凤眼，眼角风情外溢，一笑一颦，尽显女子妩媚。

"那脸上，确实有一些娇气的。"我妻子后来给我说："她这样的年龄，离了婚，是不是该尽快找一个呢？女人的年龄是不饶人的。"

有一天我发现，我家单元门进来的大厅里，挂着物业经理、楼栋管家、主管等人员的名字、照片还有手机号码，其中主管就叫冯晓娇，照片上的她，穿着职业装，像个漂亮的空姐，但更加精神，更有斗志，嘴角的浅笑，充满着一种说不清道不明的娇气。

她跟邻居家的关系好，经常来串门，夏天有时两家都开门，不时听到她跟邻居家女人欢笑的声音。她是随时能进单元门、上电梯的。我们房子门锁是密码锁，但用钥匙也可以打开的。买房时，密码改了，钥匙却没换，因为拿到手有六把，严密塑封，感觉从来没有打开过，所以整个锁就没有更换。一旦谁有备用的钥匙，会出现一些不堪的问题。我颇压蹿升，立即找来开锁公司，把门锁全部换了。

还是觉得怪怪的，特别是每次一进单元门，看着墙上正对着自己的那张物业主管照片，似笑非笑地冲着我时，不由得想起这个年轻的女人，现在生活怎么样，她的孩子婷婷，不知还哭闹不？离异的家庭，总归会给孩子的心灵造成一些冲击，应该冲击不大吧？

邻居家的女人，在门口一家超市工作，跟冯晓娇的关系，虽然谈不上如影随形，但可以说亲密无间了。她俩年龄相仿，无话不谈。有时，冯晓娇就在邻居家吃中午饭，休息，下午去上班，晚上会到邻居家过夜。有时，我们会看到三个大人一起出去逛商场、购物，还外出旅游，拍了许多漂亮的照片。邻居家的女人也经常到我家来，跟我妻子聊天，但冯晓娇进来的少，有意避开这一点的似的。有一次，我不在家时，妻子说冯晓娇来过了，跟她讲了房子的不少事，包括为何在装修中选这样的瓷砖，电视背景墙为何做这样的造型，为何有这样的灯光，等等。她对每一个角落非常熟悉，我妻子说，似乎这个家就是她的，我们才是租客或寄居者一样，真正的主人是她。

有一次在电梯里，碰到邻家女人和冯晓娇一起上楼。冯晓娇亲昵地叱责对方："你丫也就命好！"邻家女人回应道："老天就这么瞎眼，让你这么一个如花似玉的女人，老遇到混账男人。"这声音有点大，冯晓娇看了看我，往电梯里让了让，脸上多了一层红晕。

我们住进来大半年时，家里进小偷了。

我报了警，同时给物业公司打了电话。物业上的保安高高矮矮、胖胖瘦瘦来了一大堆，纷纷查看现场的情况，冯晓娇作为这栋楼的物业主管也及时赶过来了。警察还没到，她查看一番后，笃定地对大家说，这是她前夫干的。

"为什么？"我疑惑地问她。

冯晓娇说道："有一次我们家的钥匙放家里了，密码锁没电，打不开。当时我让开锁公司来，他说不用，他知道怎么进去。我们就到楼顶，他身上绑了根绳子，那是晒衣绳，一端系在柱子上，一端绑在他身上，然后用手抓着绳子坠了下去，再从儿童房的窗户翻进家里的。当时把我吓坏了。"

"其他小偷也可以这样做呀？"我继续问她。

"他知道家里的贵重物品藏在什么地方。你看，他是踩着凳子上去偷的，偷完之后，又把凳子放回当地，但他有一个习惯，把凳子放回去时，会拿出纸巾，擦一下凳子的表面，顺手会抛进垃圾桶里。他喜欢在网上买同一种牌子的纸巾，带草莓味的，我刚才看到垃圾桶里的纸巾，果然还是那个牌子。我相信你家没有这种纸巾。"冯晓娇边说边套上一只塑料手套，将那片纸巾拿出来，给我妻子看。我妻子摇摇头。

这时，警察来了，听了冯晓娇的分析，立即联系冯晓娇前夫所在辖区的派出所，将其控制住。果不其然，那边派出所民警到她前夫所住的房子里搜查时，他正在里面打游戏，桌子上摆放了从我家偷走的首饰、纪念币、集邮册、笔记本电脑、相机和一个智能机器人。

冯晓娇狠狠地说："你这种人，应该重判几年。"

口气之中，感觉对她前夫，失望透顶，毫无留恋不说，甚至充满了仇恨。

又过了一段时间，我听妻子说，冯晓娇前夫还有一些盗窃案，合并后数额挺大的，一共给判了七年。不知道七年之后，会是什么模样。看样子，这俩复婚是不可能了。可惜了那么乖巧的一个孩子。

房间里的文竹虽然纤细秀丽，但翠云层层，一派生机盎然。妻子说，文竹是婚姻幸福甜蜜、爱情永存的象征，咱们得好好养。

我说，是的，婚姻也好爱情也罢，是需要精心经营的，稍不注意，说不定会枯萎了，离了，散了。

妻子说，女人一天孩子老人家务，忙得脚不沾地的，男人就应该多关心一些，呵护一些，就像你服侍这盆文竹似的。

我说男人当然在付出，也挺想付出，你看文竹的枝干看似挺拔，实则不堪重负。男人也是，有时知行不见得合一，有时努力了不见得成功，所以妻子也得多一分理解。

妻子笑着说，理解理解，只要你不要像冯晓娇前夫那样吃喝嫖赌，你在家里干家务，我在外面挣钱都行。

我说冯晓娇目前个人情况如何？

妻子说，冯晓娇托人给介绍合适的男朋友呢，追她的男人多，但没有看上的。

因为冯晓娇常来邻居家，门对门的，不可避免地熟络了起来。有时她会把婷婷也带过来，三个小孩在一起玩得十分开心，也够闹腾。冯晓娇是物业主管，对我们家也格外好，比如小区突然停电，她立即会给我们送来一包蜡烛；停了水，立即会找人提一大桶水上来；房间哪儿有损坏了，赶紧安排人来维修，比我们自个儿还要当心。这弄得我们有些不好意思，总觉得我们欠着她点什么，可冯晓娇却说这是职责所在。我们说物业公司的人，如果个个像你这么热情就好了，快赶上活雷锋了。一来二去，大家都熟了，冯晓娇再来我们家，也不会拿自己当外人。有时还给我妻子说，你收拾房间时，应该注意这儿，很容易积灰，还有这里，有点变色，应该包起来。她热心起来，不管对方怎么想，完全按照自己的想法说一通。我妻子在冯晓娇指手画脚时有意无意地插上一句，我不喜欢这个瓷砖，过两天还想把它换了呢！我不喜欢这个橱柜，准备找人来换了呢！这时候，冯晓娇会一愣，意识到什么似的，随着我媳妇儿的口风，说这个瓷砖确实有点灰，当时这个橱柜买得有些便宜，质量不是特别好，要是换，我建议你还是换大牌子的。

　　我们单位新应聘来的同事张力勇来我家做客，一眼就看上了冯晓娇。问清她是单身，非常欣喜，缠着我说了好几遍，意思是让我做媒牵线。当然，这种事我们也乐得成全，立即把冯晓娇的微信推给了他。张力勇追来追去，据说快追到手了的时候，冯晓娇提出了一个要求：在这个小区买房子，最好在这栋楼里。张力勇是个佛系青年，这两年的积蓄加上贷款买了辆好车，再贷款买这里的学区房，感觉经济压力过大，不打算在这里买。他觉得房子可以是一个人的梦想，但不应该是人生的全部，所以房子迟一点买，或者买个便宜的，能住就行。张立勇不想买这个小区的房子，学区房太贵了，带冯晓娇去看一个新开的楼盘。冯晓娇坚决不同意。于是，两人闹崩了。闹崩了后，张力勇见到我也气哼哼的，似乎我是冯晓娇的同谋者。

冯晓娇已经荣升物业公司的片区经理了，很多物业上具体的事，不需要她专门跑来跑去，安排人解决就好，但她对我们还是挺热心的。有一次，为小区更换北门的事，她给我悄悄说，那个北大门确实太难看了，进出自动化程度不够，小区的物业公司一天收这么多钱，连个门都舍不得换，应该给上海总部投诉。这让我感觉到冯晓娇身在曹营心在汉，还是向着小区的业主的，说不定她一直把自己当作小区的一名业主，而不是物业服务人员。

我妻子有一次跟我透露，说这段时间，物业公司华北区的区域经理对冯晓娇有点意思，想让冯晓娇做她的外室，还动手动脚，有一次冯晓娇在抗拒中甩了对方一耳光，对方急了，说再不同意，把冯晓娇给开除了，找个理由可是分分钟的事。我说冯晓娇什么态度？我妻子说，冯晓娇当然不依啊，她那人，骨子里可傲气了，怎么能做别人小三呢？

我担心冯晓娇会不会扛得住。毕竟，一个单身女人被一个居心不良的男上司觊觎上了，处理起来往往会很头疼。这期间，我们单元楼里四楼一住户，私自把电动车充电器带回家充电，引发了火灾。熊熊火焰瞬间冒起来，十分钟内，整栋楼都被火光包围了。

当时我不在家，后来看到居民们拍摄的视频显示，消防赶来救援前，冯晓娇带了一队物业的人，从另一单元上了楼顶，冲到我们单元楼里，一户一户敲门，把里面的老人、小孩及时撤离到楼顶上。那两天，我父母刚好过来看孩子，住在家里。冯晓娇敲了半天门，我父母在房间里看电视，加上耳背，没有听到声音，冯晓娇命令人破门而入，把我父母给背到了楼上。在这一点上，我非常感谢冯晓娇。虽然那场火灾，消防来了后及时扑灭了，但要是火情再严重一些，火势更猛一些，我父母在房间毫无察觉的话，会被大火吞噬掉的。

为此，我们家做了一顿丰盛的晚餐，邀请冯晓佳和邻居一家，开心聚了一次，以示感谢。那晚，冯晓娇喝多了红酒，抱着我妻子哭诉说，要是能找到我哥这样好的男人，这辈子就无憾了。

我妻子后来给我复述这句话时，我心想我哪里好了呢，但见了冯晓娇，难免会有一些异样，觉得这样的女子，活着不易，早点有个好归宿才是。冯晓娇因为在这次火灾中表现英勇，受到了总公司的嘉奖，还被董事长接见。据说华北区的区域经理，也不敢对她动手动脚了。

小区的房价已然高得离谱了，但一房难求，出售的房源有限。冯晓娇也急了一样，据说一方面快速地相亲、谈恋爱，一方面不断了解小区出售的房源，打算买一套自己中意的。话里话外，她还是透露出不管从位置、户型、楼层还是情感上，她还是喜欢自己住过的首套住房，也就是我们目前住的这套房。

要是当年不卖掉就好了，现在几乎涨出了一套房。她总叹息着这样说。我妻子听了，宽慰她说，整个城市的房价都在涨，刚需房其实涨不涨，你都得住不是？冯晓娇就说，对你们是这个道理，可对我而言，在这个小区，买不起了。

听说她一直在谈恋爱，对象更迭频率高，次数多，可是谈来谈去，还是没有谈成。她的底线是，一定要在这个小区里跟她合买一套房子，共同署名。在其他地方有房子也不行，必须换到这个小区来。就算给她另外找一份工作，到别的小区住，她还是不干的。有一个男人对她非常倾心，几乎言听计从，不仅同意在这个小区里买房，还准备给她买辆车。她看该男子如此上心，居然提出了一个要求，以后高价把我家所住的房子买过来，或者买了房子之后，再跟我家置换过来，这是她的首套住房，她没住够。这个要求，弄得对方觉得匪夷所思，疑心她有什么心理问题，结婚之事，一推了之。

大锤二年级时，我妻子到南京培训，需要三个月，俩孩子都住校，家里就我一个人。有一天早上，冯晓娇碰到了下夜班的我，问我才回来？孩子谁照顾？她应该听说了我妻子去培训的事。我在一家医院工作，下夜班回来，大概早上七点左右。我说孩子住校了。她说你怎么吃饭呢？我说自己凑合着对付一下。第二天早上，我快到单元门口时，看到她提着几个塑料袋，站在门口。跟我打招呼时，她说买的早餐多了，原本要带给一个同事的，结果同事没来上班，她本想送给邻居家的，可那俩也已经上班去了，见到你了，就送给你吧。

她笑容灿烂，目光温暖。我本打算煮稀饭的，她这样说了，我便笑纳。没想到，她买的大杯的豆浆，情侣装，不好分开，便说到我家里，分一半，倒在杯子里。

　　我家她是非常熟悉的。等我洗澡出来，发现她把油条热了，还给我煎了两个鸡蛋。我表示感谢，邀请她如果不着急上班，一起吃早餐？她笑盈盈地同意了。她浑身香喷喷的，这种热烈的香味，平素我是比较反感的，但那天早上不知道为什么，对她的香味，竟然也笑纳了，还有些飘飘然。毕竟跟这样漂亮的女性，单独相处，是赏心悦目的。她跟我谈工作，说你们医生不容易，老熬夜，你身材保持的好，不知道有多少个女护士喜欢呢。我心想，医生护士在一起的时候，忙得团团转，哪有时间谈情说爱。她说物业公司的人大多是粗人，玩笑开起来没底线，跟一大帮大老爷们儿在一起，每天都是些真真假假、荤素混杂的玩笑，自己都搞不清自己的性别了。冯晓娇说完，还特意向自己的胸口看了一眼，以确定自己的性别。屋内的暖气热，她脱掉外套后，紧绷的套衫，衬托出她高耸的胸脯。我跟随她的目光看了一眼，心里就有点慌乱。她说一个女人带孩子真不容易，嫁给我这样的男人就好了。

　　她说着说着，可能回想起了前夫浪荡的行为，开始抽泣起来。一个陌生的女人，跟我单独相处的时候抽泣，我从来没经历过这种场面，不知道怎么处理，赶紧站起来，抽出几张纸递给她，并拍拍她后背，意思是不要哭了。她泪眼迷蒙地抬头仰视着我，问我她到底哪儿不好，遇上了这么多狗屁事、狗屁男人。我感觉她嘴唇快要飞起来了，我不去接住太不合适。在那奇异碰触的瞬间，我脑海中突然窜出女儿给我布置的一个任务：今天一大早把她的数学练习册给送到学校里来，她周一去的时候忘记带了，今天早上要做练习。这时候冯晓娇的胳膊已经搂住我的脑袋了。女儿的面孔一闪，我下意识地撤回脑袋说，这样不合适，这样做我就不是人了。我似乎做了对不起她的事，惭愧地转过头去。她倒波澜不惊地说，你瞎想什么呀，我是看到你头发上有一条红线，不知哪个女护士的，想给你摘掉。我脸更红了，疑心刚才是不是幻觉。

她说吃完了，我该走了，便穿上大衣离开了，出门时没跟我作别。

接下来，我想跟她见面，说笑几句，恢复到以前的交往状态，但几次去了物业公司，并没有碰到她。因为我一个人经常不在家，忘了浇水，家里的那盆文竹快枯死了，我连盆搬下去，扔到了楼底的垃圾桶旁。她看到了，就抱回公司去养，居然起死回生了，长高了，比以前还显得郁郁葱葱、万般风情。我妻子学习回来后，冯晓娇又把文竹给我家送过来了。我看着这盆文竹，心里别提多异样了。

时间慢慢过去，跟冯晓娇年龄差不多的男人，大多不愿意找一个有小孩的离异女人。她有些着急。着急的女人，容易失去理智。冯晓娇从一款社交软件中，认识了一个男人。这个男人挺有范儿，排场也足，出入开名车，家里有保姆，带着她吃烛光晚餐，逛各大商场，要不是疫情原因，还打算带她到巴厘岛度假呢。他给她送上一系列女人大多会喜欢的礼物。最关键的是，他非常豪气地答应在这个小区买一套房，而且这一套房，在我们隔壁单元，面积比我家大得多。这让她非常欢喜，那段时间，来邻居家聊天，话里话外，不断说这个男人的好。

有一天，这个男人说撞了一个人，对方伤势惨重，因责任在他，需要私了，要给对方赔八十万。他身上带着一张卡，卡里只有三十万，问她能不能立即给他转五十万过来，他现场转给被撞伤的人了结此事。她一听男人语气里心急火燎，便二话不说，到了银行，把所有的定期存款取出来转了过去。

这个男人当晚并没有回城来找她，只打来电话说有一项国外的业务急需他去一趟俄罗斯。从此，她再怎么打电话、发消息，都联系不上对方，跟在这个世界上彻底消失了一样。

自然，这是一场骗局。她被骗财骗色。她不相信，还等着这个男人来找她。一个多月后，这个男人在其他城市落网，供出骗了她五十万。当警方联系她时，她还有点半信半疑。她所有的存款，被那该死的男人在网上赌博输光了，她看到他时，连踢一脚的力气都没有了。

她一下子有点显年龄了，眼角的鱼尾纹怎么也遮不住。女人说老，一下子会老起来。她跟邻居家女人说，她连夜连夜睡不着觉，月经不调，压力性腹泻等，感觉快要死了。

除了宽慰，我们当然爱莫能助。房价还跟断了线的气球一样往上蹿。她想靠自己的收入在这个小区买房，似乎是不大可能的事了。

一晃三年过去了，我家大孩子在这个学区房里读完初中，考入到另外一所知名高中。这所高中，离现在住的小区相当远，应该说一个在东一个在西，处于城市的两端。为了送大儿子上学，我们每天在堵车时间段来回跑，时间上耗得心碎。在那边租房呢，一者贵，二者把这边的房子空几年，也不划算。

干脆把这边房子卖掉，到那边买一套新的！妻子思考良久说。

我嫌麻烦，还在犹豫。妻子说我前怕狼后怕虎，这些年我们在房子上吃了多少亏，都是我犹豫不决，没有果断出手，没赶上房价上涨的利好。妻子说完，立即着手行动。在房子的事上，女人天生是个行动派，她告诉冯晓娇，要卖这个房子。冯晓娇当即表示赞同，说小区的房价还在涨，抓紧倒腾，多挣一套房呢。同时支了一个招，或者说帮了一个忙，让我们不要找中介公司，中介公司两头收费，像这样的一套房子，中介动动嘴皮子卖掉后，一下子挣七八万，不如她以物业公司工作人员的身份，发布一条售卖信息，很快会卖掉的，这样，中介费就能省下来了。

妻子就委托她卖房。我们一家子在城西暂时租了一间房，挤住在里面，我俩照顾孩子、老人，还要工作，忙得顾不过来。

冯晓娇在小区里做物业，好多购房者到物业上了解情况，一听说我家房子要出售，一看面积位置，都非常有意愿，她便带人来看房。她对小区房价了如指掌，对我们更为熟悉，房子装修时用什么材质、什么牌子，当时什么价，现在什么价，要不要重新装修等，说得一清二楚，头头是道，好多看房的，以为她就是房子的女主人。

她也不说破。

据说好几个晚上，她就住在我们的房子里。

房子是卖掉了，比我们期待的价格低了七八万块。但当时急着卖房换房，加上冯晓娇说这个买主条件一般，给打点折，便没有太计较，还给她发了一个大红包。

房子卖掉一个多月吧，有一天邻居家的女人给我妻子发了一条微信消息，说冯晓娇要结婚了。

总算找到合适的人了？

应该是。

还是要在小区买房？

已经买了，就我隔壁。

那不是原来的我家吗？！

就是的。

邻居家的女人发来一连串的笑脸表情包，解释说，冯晓娇在带人看房的时候，遇到了一个男人，像个小领导。这个男人见到她，有那么点意思，眉来眼去什么的。这个男人说，他是离异，买学区房就是为了孩子，冯晓娇听了就有些动心。

这个男人腰圆如鼓，爬个楼哼哧哼哧，一张口就是为了什么什么，像个目标十分远大的人。这个男人跟冯晓娇聊得来，有点相见恨晚的感觉。说到后来，他告诉她，离婚是假离婚，因为买房有新规定，居民家庭在市区只能新购一套住房，违反规定者将不予办理房产登记，最近政策虽然有所松动，但市区内购二套房要多缴税，税还挺多的，他舍不得，听说假离婚可以避税，她跟媳妇儿一商量，先离婚了，合理避税，当然还是住在一起的，毕竟假离婚嘛。不过，他可以以首套房的名义买一套市区内的学区房，这样就节省了一大笔。

　　冯晓娇水灵灵的大眼睛忽闪忽闪，十分理解男人的选择。男人遇上这样可心的中介，难免心旌有些荡漾。冯晓娇说要帮男人好好砍价，从卖主手里省下一大笔钱。男人为了感谢，请冯晓娇吃饭、喝酒。冯晓娇喝完酒，面若桃花，美目盼兮，说晚上去房子看看，灯光效果挺好的。这个男人说好啊，如果灯光还合适，就不用再换灯了。来到房子，俩人在开灯关灯的过程中，目光中也多了一些闪烁，于是借着酒意，发生了不该发生的关系，那晚就睡在房子里了。第二天，这个男子睡醒后，决定跟冯晓娇结婚。因为冯晓娇在他睁开眼之前，拍了不少两个人睡在一起的亲密照。他睁开眼，冯晓娇亲了一口，直接说，老公你真优秀，你干脆把我娶了算了，你看我俩一起多般配。这个男人一看那些照片，自己快秃顶的脑袋枕在冯晓娇雪白的怀里，一点也不般配。冯晓娇扑闪扑闪的大眼睛盯着他，娇笑着问好不好吗？我想从今天开始，留住我们在一起的每个瞬间！这个男人想到冯晓娇掌握着自己假离婚的事，以及基本的身份信息、工作单位等资料，后背一凉，但他转瞬又开解了，一边爬到冯晓娇身上，一边保证说与她结婚。这个男人是吃财政饭的，如果假离婚的事捅出去，按现在的力度，后半生饭碗不保不说，恐怕还有判刑的风险。当然，这个男人说不定也看上了冯晓娇的聪慧与美貌，就这样假戏真做，狗熊掰玉米，跟自己的妻子彻底撇清了关系。

冯晓娇再次成了这个房子的女主人，似乎从来没有离开过一样。听说家里的那盆文竹，在她的精心饲养下，更是云山雾罩，长势喜人，快顶到房顶了。这也是比较稀罕的事了。

翻过那座山

    去年夏天，我们班同学聚会，热热闹闹的一直从中午聊到了晚上还没尽兴。有一位高中时喜欢天马行空遐想、号称"哲学家"的同学，如今是几家县城小宾馆的老板，把我们拉到了他的宾馆里，继续叙旧。这些年，据说小众的、个性化的、探险式的旅游挺火，像我们家乡深山大壑中前年不断的泉水、湖泊还有漫山遍野的野杏林等，深受外地游客，特别是南方一些自由行的年轻游客的喜爱。我这个同学的宾馆生意看着不错，一进宾馆，好多游客背着背包在服务台前登记，服务员见到他，齐声喊着"张总"。

    那一晚，他和我住在一个标间。我快要睡着时，他突然问，严丽莉怎么没来参加这次聚会？我说不清楚，恐怕没通知到吧。他说也是多年没见了。我说是的，有十年了吧，我也没见到，现在忙于生活，同学们之间交往越来越少了，你怎么忽然想起她了？他说你不知道啊，你们这些学霸，高中时一门心思学习，其他啥

170

都没关心，我们可是有过青春期的人。我给你讲个我的故事吧。你过去老问，为何辞职回到家乡创业了，我今天就不说大话了，给你讲讲我回乡创业的来龙去脉。

高中三年，我上学放学，跟在严丽莉后面，不远不近，像尾巴一样尾随了她三年。她家在邻乡，当地没高中，就到我们镇上来读，因为离校三四十公里，住校又不习惯，便借住在亲戚家，恰好离我家不远。我们村子到镇中学，步行也就二十分钟左右。我俩相约好了似的，每天我出发，走到她亲戚家门口时，她刚好从亲戚家出来，不急不缓地走在前面。

人生这种奇巧的机缘是很难遇到的，或者终生也就那么一两次。当时发现严丽莉是本班同学后，我欣喜了好久，不亚于发现新大陆，有股想冲着高耸的山尖，欢喜地大喊几声的冲动。但终归没有，因为我发现，我高兴得有些早了。

我们俩第一次说话是在上学的路上。刚开学的时间里，我俩在班上装作互不认识，却不时颇有默契地对望一眼。她坐在刚进教室门的第一排，我坐在靠窗的最后一排，算是遥遥相望。诚然，她在我们班男生们争论后的排名是美貌数一数二。课间时候，有胆大的男生以借个橡皮擦啊作业本之类的理由为借口，跟她搭讪。我看到她开心绽放笑颜时，瓜子脸上红晕满颊，娇柔明艳异常，不时用手背遮住莞尔的小口，一双细眉下水汪汪的大眼睛，像梦中的一面湖一样，泛起了涟漪。我热血冲顶，觉得跟她说话的男生，真有福不过了。能让我宽慰的是，我跟她已经同行了好多回，虽然没能搭话。

第一次说话，是她主动开口的。你不知道，我可是欣喜若狂，激动得一夜没睡着。我高中时特胆怯，说好听点是腼腆，金庸小说中令狐冲那种不为世法礼俗所拘的精神，也是到了大学才读到，当时心里虽想和这位女同学结识，却找不到一个合适的机会，没想好一句达意的措辞，没鼓起一个表达的勇气。高一的第一个月，秋高气爽的早中晚，我急切地望着前面的她，一套橘红的西服背影，一条摇来晃去的马尾长辫，一串土路上细碎的斑驳的鞋印，可不知道怎么跟她打招呼。有一天，那是中午，天空湛蓝，太阳很烈，土路上的树影缩为一圈，看着眼前的她，我照旧不急不缓地跟随，有五十来米远，手里提个铝水壶，边走边喝一口，有些美滋滋地看着她。

我确定她一直没有回头，可走上那段为赛马准备的平展展的土路时，她突然转过身，冲我叫了一声：你怎么不快点啊！

我当时的激动可想而知。我使劲喷掉含在嘴里的一口泉水，将椭圆的铝水壶斜挎好，一个小跑，赶到她身边，开始了我们家乡朴素的寒暄。她虽然少女的矜持依旧，但眼角的神情告诉我，并不排斥我，相反，有点和我建立某种关系的意味。我跟她谈起了当天的化学作业、顿不顿认不出练习册上单词的英语老师，还有班上一些惹眼的同学。走了大概百十来米吧，就听到后面有怪异的声响，有点像原始人吼叫似的，呜嗷呜嗷的。我一听就明白了，这是其他男生。我们走在路上，陆续会有男女学生从两旁的村子里出来，会合在这条两马车宽的土路上，说说笑笑朝学校走去。我和她的亲密交谈，引起一些男生眼热的哄闹。

这种哄闹，说不清是恶意还是好玩，不过作为当事人，像芒刺在背，最受不了的。沿路几个村庄的男孩子们，叫什么名字，上哪个班，学习好坏，我了如指掌。我忍不住呵斥了几声，结果他们的叫声更古怪、更响亮了，似乎我俩做了什么见不得人的事情，当场被他们撞见了，刺激了他们的腺上激素似的。我当时很想冲上去狠狠地揍上一顿，但后面的男生，已经有七个了，大的已经是高三的，小的才上初一，我打不赢，而且也不能为此而打架。

她也转头望了一眼，再瞅瞅我，让我别管，由他们闹去吧，见多了，也就习惯了。

后面男孩子们的哄叫，惹来不少过路的看客。特别是路边的村人，我平常要打招呼的，这时都用一种新奇的、厌恶的或者若有所思的目光打量着我俩。甚至有些急赖的大人，笑容极其轻浮。而随着会聚的男孩子越多，看热闹的越多，怪叫和胡言乱语几乎响彻云霄，像乱箭飞窜似的，几乎要直直射穿我俩的身体了。

不少小子们其实平素跟我关系不错的，听说我学习好，对我也客气，但这个时候，见到这种情景，一对男女学生亲密地走在一起，不认旧情不说，内心中那股激荡的原始情愫更是忍不住发泄了起来，再看我表现出痛苦与尴尬，手足无措又魂不守舍的样子，像一只笼子里扑腾的鸟，便愈加欢快起来。

我们的家乡，在我走了这么多地方，读了大量的书后发现属于粗犷又保守，纯朴又鄙陋，充盈又无知的那种，到了现在，如果有个惊艳的陌生年轻女子走在路上，身边如没有长辈之类的陪同，独身或跟一个年轻异性伴侣漫步，会引来一帮无聊年轻男子的起哄，甚至围堵。这种情状，东南西北，好多偏僻的地方都有。恶作剧的居多。目前，我们那儿没有由此引起的恶性刑事案件，但听说其他地方发生过。我曾经也是其中的一员，可那次却成了当事人，之后，再也没参与过这种无聊乃至恶意的起哄。

我对她说，算了，你先走，我去教训教训这帮小子们。

她用眼角触了触我，不管！

我说我还是等等他们。

她不吭声，低头往前走，清瘦的身子，像负气出走的马匹。

我停下来，等那帮小子们赶到身旁，厉声呵斥，把哄闹声压下去了，然后，随他们低声开流里流气的玩笑，我沉着脸，独自一人一声不响地赶到了学校。

后来每天在路上，我像个尾巴样，被一条看不见的绳索系着，不远不近地跟在她身后。有时候，她一个人孤孤地走，更多的时候，她和别的女生在一起，谈笑风生，根本感觉不到我在后面。

高中期间，现在看来发生过许多非常浪漫纯净的小插曲，甚至出现过差点表白的微妙时刻，但我俩迫于各种压力，像害怕人们靠近的小兔子，将青涩的心田包裹得紧紧的。

后来考入大学，她成为我想念家乡中的一部分，在有些氤氲的青春时光里飘忽起伏。

我所在的大学，在一座美丽的海滨城市，中文系的女生，大多来自城市家庭，因为家庭教养的缘故，除了美丽漂亮外，能歌善舞、才艺绝佳的居多，同年级一女生还成了那座城市的形象大使。那时候大学里贫富差距不是特别明显，勤工俭学被看成美德，不会被瞧不起。我四处兼职，努力赢得了个别女生的青睐。而严丽莉，你也知道，复读一年后，在本地读中专，想的是当小学老师。起初她给我写了几句羡慕和祝福的信件，后来没了音讯，我几次写信过去，也无回音。大学的几个寒暑假，我在异乡打工，没怎么回家乡，但思念之情，日甚一日。

大三暑假，咱们高中同学在家乡聚会，先跟老师们一起欢聚，后来只剩下一些玩得特别好的同学们，你记得吗？在镇上唯一一家宾馆的大房间里，把几张大木床拼在一起，盘坐着玩游戏。

那是个真心话大冒险的游戏，所有同学都参与。我们无拘无束，盘腿坐在床上，围成一圈。游戏分两部分，一是真心话，赢的人向输的人提一个问题，范围不限，感情生活什么都可以问，输的人必须老实回答；另一个是大冒险，赢的人叫输的人去做一件事，不要太过分，输的人必须去做。我们让一个矿泉水瓶在中间旋转，停下时瓶口对准谁，谁就输了。

我不知道你当时在场没有，因为有一拨男生出去吃烧烤了，还有一拨深夜去水库游泳了。我记得我输了游戏时，大家让我说最喜欢的女生名字，我看了看她，赤红了脸，死活不说，逼得没办法了，说谁也不喜欢，但大家非让我说一个，我只好结结巴巴说了她的名字。

到了后半夜，她又输了一次，大家问她，高中为喜欢的男生做过什么疯狂的事。

她看了看大家，又看了看我，一双丹凤眼沉了下去，非要说吗？

那时大家兴趣正浓，每个人又哭又笑，敞开心扉，显出原形，疯子一般。她叹了口气，说，我说了呀，高中时候，我其实天天在等他。

她用手指了指我，嘴角露出微笑，语气嘲讽地说，我不是住在亲戚家借读嘛，我家在上村，他每次上学时，要从我亲戚家门前走过，我就站在门边，从门缝里偷看，发现他老远来了，我就走出来，想和他并肩上学，可他每次看到我出来了，就故意停顿下来，非让我先走，我就只好走，几乎走成一种习惯了。我一直觉得身后有他，挺放心的，也挺高兴的，我一直等他哪一天追上来，牵着我的手走，结果没有这么一天。

她叹了口气，后来，后来的几年，我走在路上，总感觉后面他跟着似的……

她勉强笑着，睁大眼睛望着我，像一朵雨后的山丹花，盈着无数的哀伤。大家也怔了，空气陡然间被冻住了一样，我做错了事一般胸闷，泪腺发胀，几乎要哭出来，其中有个男生起哄，说你俩现在都没找对象，干脆成一对算了。我们同学中成对子的不少嘛！

我从她头顶望去，窗外的夜空里，布满了斑斑驳驳的黑色云团，欲走欲留。

疯玩到第二天中午，吃了饭，同学各自散了。我义不容辞地承担了送她回家的任务。这次不是回她亲戚家，而是到她的父母家。有爱热闹的同学，说多提点礼心，可是拜见丈母娘啊。我找镇上的一个同学借了一辆摩托车，捎着她朝她家驰去。

她家在邻乡。我们骑着摩托车从镇街冲上南山顶，沿着一条沙石路颠簸了半小时，再一拐折进左边两座大山夹着的一条沟岔，里面有一条仅容拖拉机通过的土路，像灰色的蛇，往里盘旋延伸，不见尽头。我好久没骑摩托车了，一开始在砂石路上，相对比较平坦，骑得还舒畅，最高档时，呼吸山间凛冽的空气，神清气爽，有些春风得意的味道。可在被山洪冲得坑坑窝窝的土路里，挡提不起来，而且有些路中间是大坑，绕着边沿走，轮子顿不顿打滑，就有些跌跌撞撞了。

我有些吃紧时，她却突然搂住我的腰，头枕我肩膀，秀发不断打洒在我脸上。

这时候，空旷的山谷，除了偶尔有山鹰轻盈飞过，丝毫不见人影。有一股热气在我胸间激荡，我不知道怎么表示，只好努力把车速越提越高，摩托车几乎被坑窝弹得跳起来，几乎有些失控。她也不管，搂得紧紧的。那时衣衫还单薄，我能感觉到她绵软的胸脯。我热血上涌，真想过把摩托车扔进那个旮旯里，反过来抱住她。

一股股来自她身上的体香直冲我的脑海。

还好，路上没人，不然，我非撞飞几个不可。

就这样，迷离混沌的，我憋着一口气儿，顺着那条土路，绕过了四五座半青不黄的大山，因为紧张与激动，加上山风吹拂，我牙关快发抖了，这时，她突然轻声说了一句：

"前面的路口向左下。"

她开了口，我暗自松了一口气。我大脑一直紧绷，爪爪丫丫充塞在心中。有了这句话，我这才意识到眼前的土路。要说刚才经过的山路，像皮带一样围着山腰盘旋上升的话，现在到了山尖，往前走，是顺山的东脊下坡。而左折而下，是一条宽不足一米的山道，两旁地棱上爬满了野草，零散分布着白杨树、柳树等，像裤子的边缝线，从腰边直直垂到裤脚。我疑心是不是某个巨人，一剑插下去，就劈出了眼前这么条山道。你也知道，我们虽然都是大山里的孩子，但我家在镇街边上，相对平缓些，古代的"互市"嘛，交通相对便利，地势风貌也不错，所以，如此近乎七八十度的陡坡，我从未见过，更别说以半生不熟的摩托车驾驶技术往下冲。我犹豫了一下，随即，豪情淹没了我，人生至此，夫复何求，我挂了一挡，踩紧了刹车，慢慢朝下冲去。

那是目前为止最冒险和最疯狂的一次，虽然我全力以赴，可快下沟底时，她突然把枕在我肩膀上的头抬起来，咯咯笑了一阵子说，我们家偏吧？

不偏，连个妖魔鬼怪都没见呢。

你真好。

她在我耳朵边轻轻一吻。

现在回想起来，我老在疑惑，不能确定这一吻是她所为，还是摩托车经过一个坑洼时颠簸所致。当时还没到沟底，我第一次被人吻，浑身像抽筋了一样，不由得蜷缩了一下，手腕抖了一下，刹车也松开不少，摩托车瞬间加快，像坠石般朝沟下急冲。还好，有挡别着，加上我反应快，迅速踩死刹车，没翻倒后滚下去。可车头不听指挥似的，擦着边上的土崖，在尘土飞扬中别进了紧靠山崖的一棵大白杨里，没冲到外侧的山沟中。

我的胳膊蹭到树干上，一层皮没有了，血洇出来，很快打湿了袖子。她替我脱掉半边衣服，用手绢给我擦血，看擦了一层，又洇出一层，不知怎的，她低下头，轻轻给我吮吸起来。

不知道是要把血吸出来，还是用嘴封堵，可她的嘴贴到我胳膊上时，我心头一热，感觉泡在温泉里了一样，周围的一切浑然不觉了，心里一片柔情蜜意，几乎一切的存在，都为这个女孩了。

沟底是一个小村庄，三五户人家，这时传出一个粗壮的女人声音，似乎喊自己的儿子回家去挑水。我和她做贼似的，赶紧分开，把摩托车抬起来打着火，继续前进。

过了沟底的村庄，绕到了另一个山的半腰，她让我继续顺路开。眼前是一片接一片的梯田，有种麦子的，有种油菜花的，有种大豆的，看起来宛如一幅油画。曲曲弯弯的土路被淹没了，视线所及，只能看到眼前的一截子。但这条土路不知道是因为人走得多，还是土质过于肥沃，上面埋着一层一尺多厚的尘土，摩托车的轱辘冲进去，就开始打滑，卷起一团呛人的尘土，我一加油便尘土冲天，但车不仅不动，反而感觉要侧翻了，我只好减挡。又走了那么两三米，尘土更厚，两只轱辘几乎被埋进又细又软又滚烫的土里了，彻底骑不动了。

她只好下来，站进没膝的尘土里，从后面推着摩托车。

这段尘土路约有五十米长，我俩穿过去，用了快两个小时。太阳很烈，俩人浑身大汗。她擦着汗说，每次和几个同学上学，不绕圈子走大路，而是在山里窜，只要是直线，有脚踩的地方就冲过去，很少走大路，这条路多半是架子车通行的。

我嘿嘿一笑，望着远处的山峦。穿过这条尘土路后，我们位于另一座山的半山腰。极目望去，山连山山挨山山摞山山背山，高耸的山头在白云深处不见踪影，这让我吃了一惊。真正进了大山的怀抱，你搞不清哪儿才是尽头，哪儿是最高，哪儿是最低。就像刚穿过的沟底，我本以为是最低点了，谁知道绕转了一个圈，发现下面还有个山沟，而这个山沟里树木茂密，野果挂满枝头，一派丰盛景象，跟西北好多单调荒凉的土黄色反差极大。

关键是没路了。

每块梯田边上，有仅容一人踩行的羊肠小道，有些地方还要跳着走，有些地方手脚并用才行。这条小道，无论我如何胆大包天、情迷神乱，也是绝对不敢骑摩托车走的。刚才的惊吓之后，已让我意识到自己的冒失。

东北角的一座山，在左侧一座牦牛样的大山的后面，那儿有一圈绿意，看得出是个庄子。她指着那儿说，我家在那儿，翻过那座山，就到了。你别送了，车骑不过去，我走过去就是了，再说你去了，我也不知道怎么给我父母说。

她说这话时，眼里闪着一道道亮光，颇有期待之意。我当时如果说你就介绍我是你男朋友呗，她肯定不会拒绝的。我俩虽没告白，可内心已经认可对方，这是能感应到的。问题是，我看到她指着自己的山那边的家时，有那么一些不自在，像被别人抓住了什么把柄似的。经过这么一段长长的行程，我看到她干裂的嘴唇，没有以往红艳了，还有满头满面的尘土，跟一个刚从地里干活出来的农妇毫无区别。最关键的是，我如果陪她到家里，姑且不说摩托车得扔在这儿，还要翻过左侧这座比一头横卧的牦牛大千万倍的大山，我们要先爬上牛脊背，然后顺着牛脖子走到牛头上，再从牛鼻子下去，绕到她家所在的那座山上！

不管身体是否疲惫，我心里突然冒一丝倦意，那倦意，像你血液中注入的某种毒素一样，瞬间袭击了一个人的身躯，让心灵沉重起来，胆怯起来，退缩起来。我再看她站在山风中，揉着一个田里摘过来的麦穗，斜阳把她单薄身体的影子拉到了一外山坡上，长长的像片柳叶，不由得悲凉万分。

你每次上学，花多长时间啊？

过去读高中，就住校。其实不走路，直接翻山，两个半小时就到乡上了，再从乡上坐车到你们镇上，也就四个小时吧，早习惯了。

你们念个书不容易。

这算啥，还有比我更不容易的，我爸是乡上干事，学费、生活费出得起，好多我这么大的早嫁人了，小孩都快上小学了。

你毕业后干吗呢？

到山里当个小学老师吧，我们村小现在只有一个老师了，不够。

鬼使神差般，我想到了我大学里那些灵动的女生们，她们摇曳的裙摆，灿烂的梦想和如花的笑靥。而眼前的她，像个土人，一件敞开衣襟的女式夹克衫和里面穿着的一件淡黄色的衬衣，都快看不出颜色了，一条牛仔裤，被摩托车机油弄脏了一大块。

差别太大了。

就像这里的土地，现在除了裸露的褐色的黄土外，还有不少绿色黄色的植物。而到了冬天，光秃秃的，就跟粗糙的硕大的农民的拳头差不多。而我当时读书的那座海滨城市，四季如春，气候湿润可人。据我们辅导员说，毕业生刚开始自主择业，用人单位到处招人，我们这届学生，留在当地不成问题的。

"你就别过去了。"夕阳的照射下，她盯着我说，"路远呢，你早些回去。"

我感觉脑浆都快沸腾了，想送她过去，可担心好多事。我内心的挣扎，从表情上应该一览无余的。

"哪，算了，我就不过去了，车放在这儿也不安全，你就回吧。"

我们应该拥抱一下，或者吻别什么的，但没有。她说我走了啊，却看着我不动。我低头踩摩托车，可怎么也踩不着。我抬起头来时，她酸酸地看了我一眼，掉转头走了。我看到山风吹散了她的长发，也吹开了她的夹克衫，斜阳下，她影子那么长，长得我想要流泪。

从起初的缱绻到临别的怅惘，发生了什么，我们心知肚明。

我就坐在那个山岇上，一直看着她成为一个小黑点，最终消失不见了，还无心离开。一阵冷风吹过，我清醒过来，发现山脉笼罩在浓重的暮色中。我逃窜似的离开了那里。

第二年我毕业了，留在读书的大城市，到一家中学任教，她也从中专毕业了，回到了家乡的小学，当了小学老师。

我们偶尔通个电话。

有一天接到她的电话，可能她受气了，要跟我诉说。我当时刚挤进公交车，挤了几趟没挤上去，挤上去了，连个站的地方都没有，手更不知道抓哪儿才能稳住重心，她说的话我听得不大清，只好不断让她大声点，大声点。她喊裂嗓子一般大喊着说，我要过来找你，给你当女朋友。

她似乎是哭着说的。

我当时心浮气躁，想到自己住破烂不堪的出租房，挤拥挤不堪的公交车，饮食生活不大习惯，买个房更是遥遥无期，她过来了，学历不高，四处打工，跟着我吃很多苦，还不如在家乡捧她的铁饭碗。如此想，就说了一句我们俩还是算了吧。那边啪的挂了电话，我突然意识到她是带着哭腔挂的电话。她有股子倔劲儿，会不会想不开呢？到了下一站，我下车后给她回电话过去，她人已经不在电话旁，问接电话的人，说这是街道上的公用电话，刚才打电话的女的，已经走了。

我紧张起来连夜跑到火车站，买了一张西去的列车，转了三趟车坐了三十六个小时后，回到了家乡那个小镇。我借了一辆摩托车，飞一般驰向她所在的小学，就是她家所在的那个山头。从汽车能通行的山路骑过去，穿一条山道，就看到她家所在的那座山，像一把打开的皱皱褶褶的折扇，充满了沟沟壑壑。我走进山脚下的村庄，感觉土墙长满了青苔，破败不堪。我没看到一个人，偶然扑棱棱飞过一只野鸽子，然后丝毫没有动静。我走到几户人家门口，发现门从外面反锁了，锁子充满了锈迹。后来发现，好几个家庭都是这样，有些庄廓甚至倒塌了，里面的房屋已经拆平了，残垣断壁，一派荒凉，没有丝毫人气。显然，这个村庄的人，早就不在这儿住了。

返回大路，问边上行人才知道，山里的人已统一移民到开阔的地方去了，那儿是平原，交通便利，更适合人居住，每个人可以开荒，政府也会有一定的扶持。

我又问了大路边的几户人家，她所在的村庄，也就十来户，说都搬到青阳川去了。我坐班车赶到青阳川的生态移民点，却找不到她家。青阳川离省城近。据说有些搬迁户住了几天，不习惯，又不想回老家，就全家到城里打工去了。

我打电话联系跟她关系紧密的同学，得知的消息是，单位某个喜欢她的男老师，居然当众扇了她一耳光，而校方是帮着男老师说话的，意思是男女之间怄气，没必要弄得全世界都知道。她一气之下，离开了学校，去找我了。

我急急忙忙见了一面家人，又连夜返回。回到学校，去了教室，发现她已来过。

她是头天晚上赶到省城，买了一张当夜打折到我所在城市的飞机票，飞过来的。第二早，她赶到我们学校门口，先是通过门卫，找到了我们教研室，再从同事口中，找到了我所任课的班级。当时同事不知道我回家了，就告诉她，我在某某班级上课。她敲门进去，没老师，学生们在自习。她问你们的语文老师呢？同学们说今天没来。然后调皮的学生问你是谁啊？她想了一想，红了脸说，我是你们老师的女朋友！

这下教室炸了锅。这些十五六岁的孩子们，跟我关系近，聊得多，学习之余老问我有没有女朋友，长得漂亮不，什么时候带来看看之类的早熟话题，现在自称是我女朋友的人出现了，他们的兴奋可想而知。

其中一男生大喊："老师的女朋友来了，大家快安静！"

她被拥上了讲台。

还好，她是老师，有些羞怯，但不至于怯场。

我班上的学生，伶牙俐齿，不到三分钟，就套出了她所有的故事。比如跟我怎么相识的、恋爱的、交往的，这次又是怎么跑到班上来的。

她——如实陈述，用不大标准的普通话。

没想到，有个家伙突兀地说，我有一天，看到语文老师用单车带着一个女姐姐，我问女姐姐是谁？我们老师说是他女朋友，女姐姐微笑着没反驳。

这个消息对她来说，无疑恍若雷击。

关键是这五十六个在城市里长大的孩子，看到她一身过时的打扮，微黑的面孔和一路奔波的脏乱，就知道她是从农村来的，非要让她表演当地歌舞。她心里为刚才听到我有女朋友（其实是好朋友）的消息悲苦，又推却不过，只好唱了一段我们家乡的民歌，那是我非常熟悉的一段民歌：

尕妹妹的大门上，浪三浪呀，阿哥的心儿慌！
想看我的个尕妹妹，好模样呀，妹妹山丹丹红花儿开。
听说我的尕妹妹，病哈了呀，阿哥的心儿慌！
称上些冰糖者，看你来呀，妹妹山丹丹红花儿开。
开不开的山丹花，连根拔上来呀，拔上来甭损坏；
送给阿哥的个白牡丹，两个鬓间戴啊，妹妹山丹丹红花儿开。
我把你心疼着，你把我爱，生死不分开；
一天我三趟着，看你来呀，妹妹山丹丹红花儿开。

这是首欢快的，热烈的情歌，多次由本地艺人在央视春晚上演唱，表达年轻男女相互间的爱慕之心。我未能走到她家门口，也没给她送过冰糖，我不知道当时的她，在遥远的大城市，面对一群陌生的嬉戏的孩童，是用怎样一种心情唱出这曲"花儿"的，会唱出什么样的味道。反正学生们说，老师的女朋友，唱得真好玩！

我听了学生的诉说，愣了一阵子，给学生们简单布置了作业后，赶紧跑出校门去寻找她。可在这个上千万人口的大城市里，人海茫茫，她又没有移动电话，我怎能找着她呢？挨个把周围的大小旅馆问了一遍，毫无她的踪影。

再跟家乡同学多次联系，也没有她回来的消息。

我焦急万分，想尽办法找她，可毫无着落。再后来，我听家乡同学说，她在这个城市里打工，做医药器械销售经理，但几乎不跟同学们联系了。当然也不肯跟我联系，虽然在一个城市之中，她认定我是欺骗了她。

如此过了三年，五年，六年，七年……

直到现在，我们虽然在一个城市，但还是找不着她。听说她经常往家里寄钱，但几乎不回去，我嘱托过的同学难以掌握她的行踪。又听说她结婚了，男方在移动公司上班，她自己的生意做得不错，开了公司，买了宝马车，生了一个女儿。

这两天，又听说她离婚了，具体原因不详。

但还是联系不上她。

后来我辞了职，回到了家乡，开上了这些小宾馆。你也知道，我们这些人恋家，我想，她终有一天会回来的，我要在这里等她。

我老想起她，这种噬啮般的想念，在某个不经意的时刻，会蚂蚁附身般出现，让我的内心充满了悲凉与痛悔。好多人盛赞我们家乡的美丽与神奇时，我自豪之余老想介绍点别的。诚然，位于西北的家乡是个神奇的地方，壮阔、硬朗的大自然与人融为一体，青绿的草原，无垠的沙漠，笔直冲天的胡杨树，近乎纯净的湖泊，令人窒息的荒漠……这是外来者最希望看到的。但这里还有那么多绵绵不绝的大山，和山里日复一日劳作的人们，其中不少是渴望走出大山的年轻人。一方水土养不活一方人，这种悲哀像一段堵在心里的乱麻。因为过于渴望，他们对大山充满了敬畏甚至惊惧，乃至止步不前。高兴的是，这些年山区的人在移民搬迁政策的扶持下，走出了大山，过上了开阔、幸福的生活。

当然，这片土地哺育了我们，值得我们终生热爱。我想说的是，每个人的一生中都有这样那样的一座大山，那有可能是坚硬的现实，也有可能是内心的魔障，当翻过这座大山，征服了这座山，就会出现不一样的风景，也可能拥有你最初的美好梦想。不然，你的梦想止步在这座山面前，你永远走不出这座大山，永远为现实而活，难以逾越。

我期待与她相见的一天。

我这个高中时号称"哲学家"的同学，梦呓般地说完这些，便沉沉进入了睡乡，他的鼾声一声比一声高，似乎不断在表达着自己内心悠长而无奈的情感。我叹了一口气，没想到这个中年老板的背后，还有这么恻然的往事。严丽莉的面孔在我脑海中再一次浮现了出来。那是一个长发、胆怯、热心的女同学，因为长得漂亮，其实赢得了好多男生的喜欢。我没想到她和我身边这位"哲学家"同学，居然曾有这么一段难忘的故事。当时在我看来，这个"哲学家"胡思乱想，动不动提什么外太空、爱因斯坦、量子力学什么的，我们觉得不好好复习考试的书，胡扯一些没用的，净浪费时间。现在回想起来，要是当时的条件允许，能给他们提供机会，那该多好啊，我身边会不会多出几个科学家，几对青梅竹马的情侣呢？

现在条件比过去好多了，不知道现在的年轻学生们，面对一座大山时，会不会止步不前，从而留下自己终生的遗憾呢？

天高地不远

一

　　高原如蓄势待发的猛虎，我在烈日的炙烤中尴尬万分。这群黝黑黝黑的家伙们纷纷起哄，让我跳进眼前的水库里去打个浇洗。我不明白什么是"打个浇洗"，但我会上不了台面的狗刨，心想有没有必要展示一下。水库里的水，依偎在山腰，组成个半圆形的扇面，清澈如镜面，湛蓝湛蓝的天空倒映其中，像在亲昵地交谈什么。山风掠过，水波微微荡漾，温柔又不失节奏地拍打着堤坝上的大青石。望着这汪沉静幽邃的水面，我不知道会有什么样的陷阱等着我。这里天高云淡，碧空如洗，人烟稀少，估计水库里不会有鳄鱼之类的大家伙，但不知有没有叮住人不放的水怪。看到我有些心热，又犹豫不定，十几张生机勃勃的面孔，一个劲地撺掇我下水。

"装啥装呢，下去打一个浇洗呗！"才让使劲推着我说。

"啊，兄弟，你能不能凫起来，到底？"巴图往水里扔进一颗圆溜溜的小石子，一圈圈涟漪像胖小孩的笑脸荡漾开来："别下去，跟这颗石子一样，冒个泡，就淹死了。"

"要不，露一手？看看呗，不然他们也不放过你。"德元老持稳重地说。

"你下不下？不下，我们把你抬起来扔下去啦！"孕桑看热闹不嫌事大。

远目遥岑，大片沙石裸露，南边村庄的四围绿荫成行，金灿灿的菜籽花夺人眼目，麦子地里青翠欲滴。大地宛若一幅静态的油画。我才十六岁，在异乡做客，渴望结识一些同龄的朋友。假若趁机露上一手，让他们知道我的厉害，另眼相待不说，或许，还会有几个知交好友。再说了，拥有这么一面漂亮迷人的清波，他们却不会游泳，有点暴殄天物。

刚才一爬上这座用一块块平展展的大石头有规则地砌成的库坝时，他们就你一句我一嘴地问个不停：

"你们那边有水库吗？"

"有啊，我们经常在水库边打浇洗。"

"什么是浇洗？"

"就是游泳。"

"脱光了？"

"是啊，不脱光，衣服湿漉漉贴身上，难受不说，还非常重。"

“你游起来多快，会不会比鱼还要快？”

“我只会一点点狗刨。”

“像狗跑起来那样？你跑一个给我们看。”

“就在这里？”

“对呀，都是儿子娃娃，你怕啥？你的牛牛难道是金子做的不成？”

“我一个人就算了。”

“我们不会游，是吧，你们谁会‘打浇洗’？你看，一个也没有。”

这时，孕桑呼哧呼哧地笑着，用刚把一把清鼻涕甩到一边的右手推我下水：“你让我们看一下嘛，见过叫驴上树，没见过真人打浇洗。”

架不住劝，加上好久没下水了，我在大家哄叫中，脱掉了中山外套、线衣、衬衣、外裤、线裤，精光光的，转身慢慢地蹚进水中，想炫一下。

他们在岸上敛声屏息，生怕惊吓了我，会被水吞噬掉似的。

边上水浅，且在烈日的暴晒下温热丝滑。脚一下水，水波撩动腿上的汗毛，痒痒的，还挺舒适。我小心翼翼地探了七八步，水快没膝时，吸一口气，俯身打算游起来，这时才意识到不对。到这个深度，水的寒意出来了，凛冽之极，像从地底下长出的无数把冰刀子，从脚心顺着血管在身体里冲撞，往膝盖骨间隙中钻，腿肚子像敷了一层冰，身体被寒气和冰丝缠绕包裹。我紧咬牙关，不让自己打哆嗦。我看到胳膊上汗毛直竖，已经起了一层鸡皮疙瘩。

箭到弦上，不得不发。我捧起水，往胸口擦洗了几下，深吸一口气纵身一跃，一个猛子扎进水里，双手用力划拉，双脚把水面踢得"扑通扑通"响。水花四溅，我往前大概游了十来米，听到岸上各种叫好：儿子娃娃，呱呱叫，给你伸大拇指，男人……

为了让他们看得更清楚，也为了加深印象，我侧转身，尝试仰泳。我嘴巴露出水面，望着蓝天，肩部腰部同时用力，配合身体的摆动，双臂双脚拍打得更快了。但迅疾发现，因为用力过猛，加上水过凉，小腿冰冷，不听使唤，有抽筋的前兆。我情知不妙，万一真抽筋了，根本不能动弹，只有掉进水里淹死了。岸上的家伙们都是"旱鸭子"，肯定没办法援救，到时候我就成为他们不时想起的一个笑料。我挣扎着翻过身，继续用狗刨式用尽全力掉头折回。身子越来越凉，力气瞬间消失殆尽，不管怎么划拉都行进缓慢。我不能在他们眼皮底下回不去，不能让他们眼睁睁地看着我死去。有了这点动力，我又扑腾了几下，感觉快到岸边了，这才松了一口气，身子跟石块一样沉进了水里。我的头被水淹没的刹那，脚尖踮到地面上了，我用力一蹬，朝前一扑，估计冲了一米多，脚就踩实了。

我灌了好几口水，吐着水，打着寒战，哆哆嗦嗦地上了岸。大家看得意犹未尽，让我再游一会儿。我紧咬着牙关，说不出话来，僵硬地摇摇头。水顺着身子往下流，浑身冰透了。我感觉自己就是一块冰,腿脚已经不是自己的了,手臂像冰棒一样,没办法弯曲。我努力让自己镇静,再镇静,但有一种想哭出来的冲动。这时候,衣裳偏偏让其中一个促狭鬼给藏起来了,不告诉我在哪里。还好,当空的太阳,毫无保留地照射在我身上。虽然上岸仅几秒,这火炉般的太阳,已经让我感觉到了它在皮肤上增添的热度。我双手遮掩着裆部寻找衣服。

"混蛋,赶紧拿出来。"德元要来衣服,把我的衬衣、线衣给我套到头上,拉展。我一下子感觉暖和多了。

德元拍拍我肩膀说:"你不冰吗?我们站在岸上,看着觉得冰呢。"

下午一两点钟,高原的烈日依然能晒破人的皮肤,可我还是希望它能再烈一点,用它热烘烘的大手抚摸我。很快,我的身体渐渐苏醒了过来。我奇怪这么好的太阳,怎么没能把这一汪水晒烫点。我抖抖裤子,勉强抬起腿穿了进去。这时候,尕桑冲过来,盯着我裆下看了一眼,大叫着说:"他的小牛牛,缩回去了,没有了。"

尕桑这句话传出去,害得许多村民以为,打浇洗后牛牛要缩回去了。以至于后来有当地的女性长辈,私下里关切地问我,你牛牛长出来了没有?

当然,我会打浇洗,还是狗刨式的新闻,像这里不时刮起的风暴一样,迅速传遍了附近的几个村子,许多村民见了我,都会打量几眼,问我你除了会打浇洗,还会什么?

就这样，我融进了这帮成群结伙的高原孩子中。

二

每一个寒暑假，我都会坐班车赶到西宁，再从西宁坐一辆驶往格尔木的绿皮火车，前往两地中间的小镇赛什克。每次几乎一样，乌泱泱的人，天南海北的都有，扛着大包小包，黑压压站在检票口，一放行便泥石流般奔涌进车厢，然后抢座位。好多人没坐票，每间车厢里都站满了人，有的或蹲或躺或钻到车座底下，也有五六个人挤到三人座位上。那时候我还小，有时自己买了坐票，还被人挤得站起来。火车下午开动，凌晨四五点到赛什克，我要站上一夜，这几乎让我情绪崩溃。返回时更可怕，因为赛什克是小站，几乎买不上坐票，没办法，我就在厕所口辗转挪移，盯着车厢里的乘客，看哪位在收拾行李准备下车。实际上要抢一个座位很难，座位刚一空出来，会立即被别人抢先一步，根本轮不到我。厕所里的骚臭味与车厢里的方便面味、汗臭味、脚臭味、口臭味、头油味、重金属味、酸菜味、烤鱼味等混杂在一起，扑面而来，排山倒海，令人恶心万分，让人脑供氧不足，昏昏欲睡。火车在辽阔而黑暗的戈壁荒原中行进，我熬不住，眼睛一闭，站着在火车的咣当咣当声里进入酣眠之中，然后摔倒，额头重重磕在地面上。还好，有各种行李和人员的阻挡，我并没有摔多么惨重，只是被蹭开了一个小口子。

不管再艰难，从初二开始的每个寒暑假，我都会赶往赛什克。我记住了沿途每一个站的名字，并知道在哪个站台上卖的烤鳇鱼最好吃，哪个站台上卖的用青稞面做的凉皮最可口。那时候，鳇鱼还未禁捕。一到这边，先被公路两旁笔挺的白杨树给镇住了。随风摇摆的树叶在太阳光的照射下，如同一枚枚银币。透过树干的空隙，南北两边，视距所致，平展展、宽荡荡、绿茸茸的，除了远处隐约闪现的雪山的轮廓，正如我母亲说的那样，平得连个炕沿高的塄坎都没有。

父母租住着一间临街的小铺面，房后是大片大片的农田，会看到嘎啦鸡拖着长长的尾翼快速地闪入农田。从铺子穿过街就是赛什克中学，五星红旗高高飘扬，操场上经常有人打篮球。一听到对面操场上在打篮球，我便立即扔下手中的书，或咽下嘴里的饭菜把碗筷一扔，抹抹嘴巴撒欢似的跑向篮球场上。

篮球是年轻人之间最好的润滑剂。篮球打得好、动作到位，就会被高看一眼。我在老家，也是每天都泡在篮球场上的，是有一点功底的，特别是快速起跳后仰点投，投得准不说，还不好防。我第一次去赛什克中学的篮球场上，在边线位置上捡个球，远远投一下了事。后来，因为打比赛缺人，德元就让我上场。我快速突破，连投五个球后，德元咧着嘴过来拍了拍我肩膀说，铁匠家的儿子娃娃，投得干散！"干散"是方言，有干净、麻利的意思。

打球赛挺消耗体力的，特别是在高原上打球，必须体格好才行。内地上去的人，大多没打一会儿就气喘吁吁，大汗淋淋，要是体质再不好，奔跑过多，往往会要了命。我还好，并没有高原反应，干瘦的身子穿梭在队友之中，反而相对灵巧，往往能出其不意中突击上篮，或者仰身投中。几场球赛下来，看得出不少同龄人对我都高看了一眼，不仅对我竖大拇指，还有意识地跟我套近乎。

有一个三十岁左右，精瘦精瘦、个子不高，一口四川话听得大家云里雾里的四川包工头，正在给中学修建教室，闲了没事时也会来打球。熟络了之后，他邀请我们到他的工地上当小工，每天能给五六十块。我父母觉得挺好，让我自己利用假期挣点学费。我有点害羞，拉不下面子，但又不得不去，毕竟我现在也长大了，得给家里分忧。还好，在工地可以干三天歇两天，于是我们打篮球的几个小伙子，就相约去工地上干活。大家干一天活儿还不嫌累，再打一会儿篮球才各自回家，有时连家都不回，而是在工地上炸金花（打牌），带彩头的，不少打工挣的钱，又输回给包工头了。四川人从来不让我玩炸金花，说你一个学生，不去看书，凑什么热闹，然后把我从他们玩牌的空教室中赶了出来。

有一天，大家打篮球打累了，就站在操场一旁喧肝胆（聊天）。不知怎么想的，尕桑突然提出要跟我比画比画："听说你是个练家子，你们那边，功夫砝码说，来来来，练一下，展个手，给我们看看。"

"我不练武功。"我一愣，谁说我是练家子呢？

"你肯定练过，打篮球打得那么好。来来来，我们比比。"

孥桑拉开架势，单腿独立，有点像白鹤亮翅。

孥桑有股桀骜的劲儿，他投球跟扔石头打树上的鸟儿一样，单手扔过去，一扔一个准。这让我有点不可思议，也觉得这哥们儿，甩着清鼻涕，说话粗声大气，动辄脏话出口，貌似粗犷，却粗中有细，往往能发现别人看不到之处。现在来找我比划，估计是想压我一头，同时给我一个下马威，让我知道这里是谁的地盘。

孥桑，圆睁着双眼，挥舞着拳头冲过来时，像一头小牦牛。我知道，在这个陌生的地方，我没办法依靠我父母，只有凭我的本事了。我跟我做小贩的父亲走南闯北，每到一个新地方，大多会遇到一两个挑衅的同龄人。当然也会遇到一见如故、关心有加、像麻雀那样无话不谈的好友。在我记忆中，孩子们见面，比试一下身手，似乎是常规程序。我对这样的比试深感恐惧，却无法不去面对，要融入他们，就得接受这样一个入伙仪式。

这个叫孥桑的家伙，多年之后我大学毕业在成都工作时，他已成为西宁某个 KTV 的保安队长，带着手下对那些惹事者大打出手，动作之凌厉，下手之狠辣，让身旁的人目瞪口呆。有一次，我探亲回赛什克，他带着几个"弟兄"走在田野的塄坎上，和我迎面相撞。塄坎上仅仅能容一人通行，我一看来者人众，赶紧斜到一边。谁知道，我肩膀上重重挨了一下："你这家伙，弟兄们哈，认不得了？"

我立即辨认出他来。他脸上多了几道刀疤，让我不免有些惊心。他意识到了，对手下人介绍我说："别看这怂，现在戴着眼镜，文文弱弱的，年轻时，出手可麻利了。"

面对孾桑的挑战，我当时非常尴尬，犹豫怎么应对，下不下狠手。他突然一个跳踢，右脚直冲我脸面。我下意识地挥动右臂挡开了。想不到他右脚还没落地，左脚已经踢到我胸口。我侧身一闪，右手一个反抄，抬起他的腿，用力一提，想把他后仰八叉地扔出去，谁知道扔了一下没有扔出去，腿还在我胳膊环里。我就用力推着他，他单脚噔噔噔往后跳，还没等我做出其他动作，他上身突然扑过来，双手交错，搂住我脖子，把我脑袋往下压。我差点被压趴，底下一个扫堂腿过去，把他撂倒了。我俩爬起来，开始散打，你来我往，见招拆招，各显神通。打了几十个回合，他想要用摔跤的姿势把我扛起来扔到地下，但我借势站到他身后，一把从后面勒住他脖颈，把他放翻。但他没松手，我拉着，爬到了他身上。我俩就在众人的加油与哄叫之下，你翻上来我滚下去，来来回回几个回合。等有大一点的孩子扯开我俩，刚站起来，他几个连环腿，踢得我节节后退。情急之下，我左胳膊硬生生接了一脚，紧接着侧身冲到他身前，咚咚咚几拳击在他胸口。他没想到我不躲避，会生生挨了他一脚，然后窜过来打他个措手不及。他明显吓了一跳，嘴角也被我砸了一拳，立即吐出一口血水来。他一擦嘴，甩着膀子要再冲时，我跳到了一旁，喊着不打了，我认输。

大孩子中，有个叫德元的，看得出我略胜一筹，便站到中间说，"你俩边娃，打得一点也不好看，打什么打！"给了孾桑一个台阶。

打完架，尕桑不记仇，一边用袖子擦着鼻涕，一边口沫横飞地说，他在家里天天练沙袋、站桩，他哥哥是乡里的"第一把手"，打架没的说。德元说，你就别谝了，厉害个啥，上次摔跤，让陶格图给撂了几个跟头。尕桑说，那是摔跤！德元说，都差不多，别嘴上劲大！

大家哈哈大笑。谁都有个马失前蹄的时候。尕桑的哥哥，估计当时输得挺狼狈。

乡村生活大多单调，但年轻的心灵充满了趣味。那段时间，我们经常合伙起来，追着风跟着云，满戈壁逛游，去打野鸡，追野兔，打野狗，吃野果，喝野奶。有时玩得太黑了，找个沙丘堆一躺，第二天谎称自己睡到朋友家里了。在我的影响下，大家玩起了弹弓，在茫茫戈壁上追着打嘎啦鸡，灰不溜秋的、飞不高却蹿得飞快，跟鸽子差不多大的灰扑扑的嘎啦鸡，我们几面埋伏好后，追过来追过去，一天能打上一两只。风吹日晒，奔跑上大半天，嘴干得要裂开，很少有人在乎。我们跑到盐湖里打游击战，在铁路桥洞下捉迷藏，在荒滩上追野兔，在沙丘中翻跟头、斗鸡。斗鸡是一种游戏，两人面对面单腿站立，双手环搂着另一条蜷曲离空的腿相互碰撞，使得对方失去平衡后倒地或认输时为胜。我们也练习摔跤，用各种招式把对方摔倒在沙子上，然后仰天高呼。

我们还骑着车去帮德元挖锁阳。南山根下的戈壁滩上，能挖到许多长而粗的锁阳。德元有一内地亲戚，知道这边产苁蓉，而且个头大，形状奇异，质地鲜美，便托话让给他们挖一些，越多越好，那边的药房，一根按五块收购。这个价格在当时挺高的。假期了，年轻人闲着也是闲着，精力没个消耗处，就干这个事。我们单手骑着车，吹着口哨，呼朋引伴，颠簸着向戈壁滩和灌木丛中冲去，冲到遥远的南山根下。一旦有人发现并挖出了一根苁蓉，就高高地举起来，欢呼上一阵子，说这玩意儿看着日能。

三

每天我吃过早饭，开始呼朋引伴，玩个昏天黑地。一天候在空旷的沙沟里捉住一只嘎啦鸡，成就感不亚于获得世界冠军。饿了就买几包袋装方便面垫一垫，或者烤个土豆、野鸡什么的，很少有回家吃饭的。要不是琋儿的出现，我不知道会疯玩成什么样。作业、考大学、吃公家饭等，早就抛到脑后跟了。

时间过得很快。琋儿的出现，让我的青春，在高原那片土地上抹上了奇异的色彩，留下了隐秘的伤痛。她骑一辆当时非常时髦的粉红色的斜梁自行车，去给牧羊的白胡子爷爷送饭。爷爷吃饭间隙，她边照看羊群，边去摘草地上那些红黄色居多的像蔷薇一样的小野花。摘下来的花朵，她捧在手里，或插在鬓角间。她穿着一身紫红色的运动装，在绿地毯一样的草地里跳动着，唱着当年红遍大江南北的电视剧《白蛇传》的主题曲："西湖的水，我的泪，我情愿化作一团火焰……"

她的歌声，抑或那黝黑俊俏、棱角分明的面庞，一下子像子弹一样击中了我的心房。有人喊了声玥儿，她转过来看看我们，冲我们咧嘴一笑。就在她眼光扫过我并略作停顿的时候，我心脏似乎停止了跳动，我望着她，宛若遇到天外飞仙。

大家都知道她是谁，只有我不清楚。我只是奇怪那个头发胡须皆白的老头儿，那么悠闲自在地放羊，似乎是这里的一部分，亘古如此。玥儿跑远了，我脱口问她是谁。

"你婆娘，未来的。"孕桑谐谑着大笑。

"滚滚滚！"德元推开孕桑，对我说："这是西村三队里的玥儿，跟我们是同学，父亲前些年跑大车挣了钱，有钱汉，现在开一个大磨坊，自动的，赚美了钱。"

"有钱汉家，还让这么大年纪的人出来放羊。"

"你说玥儿爷爷啊，他闲不住，说家里憋得慌，就喜欢在这空旷的荒滩野外，自在，连晚上都住这边呢。"

不知谁打了声口哨，冲玥儿方向。玥儿听到了，转过头来。

大家赶紧四散跑开，似乎玥儿会追过来，把我们吃了似的。我也跟着跑，觉得一帮大男人，平时看着胆子大呢，怎么这时跟做贼似的。

德元让才让别打口哨，小心那丫头骂过来。这时，玥儿已经开骂了。

"德元你一天就不学好，流里流气的，你吹啥口哨哩，你有啥话过来说不行吗？孕桑你欠打不是，信不信明天我一比斗（耳光），让你叫姑奶奶？巴图、才让，你两个也跟着学坏啊？还有哪个铁匠家的孬娃，你小心着，哪一天我见到铁匠，好好告你一状……"

德元黝黑的脸瞬间变得紫红紫红，像个在老师面前做错了事的小孩。我没想到，他会那么害羞。"啦嗦（好的）！"他应了一句，声音低得跟蚊子哼叫。他明显对琦儿有好感。

"铁匠家孬娃"指的是我，没想到，她居然知道我。

琦儿把我的心带走了。她黝黑的面孔上那双像黑珍珠一样的大眼睛，一直在我眼前挥之不去。我一直琢磨着她骂我的话，想着她会不会找我告状。可我父亲接下来的几天没有提到过她。有次吃饭间隙，我问我父亲，认不认识西村的磨坊主。我父亲说，熟呢，我们的货，经常放他家的磨坊里。

我突然想起来，琦儿为什么知道我是铁匠家的孬娃了，因为她见过我，而且在我无比狼狈的时候。

那是我第一次来赛什克，初二暑假某一天的夜半三点多。当时一班车的人正在呼呼大睡，司机高喝一声赛什克到了，我有些分辨不出梦境与现实。我和父亲下了车，搬货物。天空四围有一些亮光，但顶上黑漆漆的，像一个巨大的锅盖扣在我们头顶。风一阵一阵，扯着电线上的塑料呜呜作响，不时还来个哨鸣。我和父亲到车顶上，把二十个大铁盆、三十个中铁盆、六十个水罐、六十个汤瓶、七十个锅盖什么的，叮铃铛啷卸下来，堆在路边。旁边沟渠里有股臭味。我胳膊上被蚊子咬了几口，一抠就起个大包。

父亲说："东西放这里，你跟我走。"

"货怎么办？"

"扔这里，丢不了。"父亲略微停了一下，把一把匕首塞到我手里说，"你还是在这里看着，我去找车。"

我父亲辨别了一下方向，高一脚低一脚，很快消失在黑暗中。路边一片戈壁滩，黑乎乎的灌木丛像匍匐的敌人，仿佛随时会冲上来，把我打晕或捆绑了。我抬头望天，黑黢黢的，月亮看不见，星星似乎也睡去了。我紧张万分，只要稍有响动，立即抽出匕首，但根本不知道怎么使用。

繁星出现又走了，过了很长时间，天快亮时，父亲借来一辆三轮车。我俩一人踩三轮，一人后面推，在沙石颠簸的荒滩戈壁，行走了十几公里，才把铁锅、铁盆、铁罐子什么的，搬运到了琋儿家大磨坊的东面窗户下。一共运了三趟，到了晌午才运完。太阳毒，感觉路上的野狗，呼哧呼哧的喘气时，猩红的长舌头快落到地上了。壁虎飞快地窜过，灰影快得让我觉得那是错觉。

琋儿家的磨坊，由琋儿哥哥打理。几个浑身上下被面粉埋了的人在忙前忙后。琋儿哥哥一双眼睛眨了眨，示意我坐在凳子上等。父亲到隔壁琋儿家里串门了，一直不出来。后来得知是在吃午饭。我又累又饿又困又紧张，瘫软在凳子上，埋怨着父亲，思念着母亲。磨坊里轰隆隆的机器声，几乎要把耳膜洞穿了，让人憋闷至极。等我略略适应时，瞌睡虫不由得袭来。我不断打盹，头不时点一下，身子也左晃右摆，差点一头掉进磨坊槽子里。我挪了挪凳子，掐着自己的大腿，还是抵挡不住扑面而来的睡意。没办法，我只得迷糊过去，等额头突然一疼，发现头磕到了旁边的机器上。我一下子惊醒过来，揉着眼睛想提提神，眼前多了一碗土豆丝。那是琑儿送来的。她把一碗土豆丝和一个热腾腾的花卷塞到我手里，说了句给你的，转身留给我一个甩着马尾辫离开的背影。我木愣愣地捧着青花瓷的碗，心里却有万般滋味。土豆丝盛得满满的，花卷软而香。我大口吃起来，感觉从来没吃过那么爽口的土豆丝，那么清香四溢的花卷，那么多说不清道不明的滋味。

<h2 style="text-align:center">四</h2>

自从我打过浇洗之后，当地的小伙伴经常撺掇我，一起到北山，教他们打浇洗。赛什克的夏天，阳光暴晒，紫外线无比强烈，万物有气无力，大多丧气地垂下头来。年轻人不敢像前几天一样光膀子出行，怕晒破了皮，一搓全部掉下来。但热得很，树上的鸟儿都没劲叫出声音来，公路上的柏油化了，脚踩上去黏黏的。树荫下、房屋内当然凉快，可年轻人又不愿长时间安静地待着。大家嗑着瓜子、嚼着泡泡糖、喝着奶茶，思谋着能不能像内地那样，有座泳池，痛痛快快地泡在水里，放松四肢，享受清凉，那多么舒坦呢！

他们虽然嘴上天天喊着让我教他们打浇洗，可不愿意去半山腰的水库里，为什么呢？他们担心半山腰水库里的水太冰，把牛牛给冻没了。

商量的结果，是在水渠边，挖一方泳池。

赛什克属于柴达木盆地的一部分，东西向的平地望不到尽头。到了浇水季节，水渠里经常流淌着湍急的水。虽然有些浑浊，稍微澄清一下，可以用来打浇洗。不过，水渠窄，一米左右，里面的水急，不适合初学者。最好的办法，是把水渠的水，引到一边，晒上几天，趁夏日里阳光好，待水升温后再下水。

这个想法一出来，大家立即赞同。整个工程由德元负责，他安排才让、巴格图、黑麦等回家拿铁锹、锄头等，带着剩下的人，不顾大太阳，开始寻找合适的地点，丈量尺寸，并用一块石头，在戈壁滩上，扭扭捏捏地画出了一个四方形。

工具送来，我们三下五除二，清除了线内的骆驼刺、风滚草、生石花等。生石花长得和石头很像，不开花的时候，扫眼过去，以为是石头，但开的花，像野菊一样，金灿灿的，无比耀眼。渠里淌水的季节，有许多生石花会长得非常饱满，东一株西一枝开得娇艳。我忍不住摘了一朵，插在头上，尕桑便喊我是大姑娘。

戈壁滩表面松软，半米以下，土质非常坚硬。花了整整一周时间，我们挖了一个长八丈、宽三丈的大坑，有点像古代将领们的墓地，宽大而威严。

水渠里的水本来裹挟着沙土，开个口引到旁边的泳池里，里面浑浊不堪，像是山洪冲下来的。这么脏，大家自然不愿意下水。

澄清了几天，当大家小心翼翼地蹚进水里，还没开始打浇洗，脚底下的软泥被踩松了，窜出一股股浑黄的水流来。

这不行！随便扑腾几下，水一片浑黄，一旦几个人一起玩耍，岂不是更加浑浊。每个人打完浇洗，活脱脱成了泥鳅，泥乎乎、脏兮兮的，又没清水冲洗，多麻烦。

商议的结果是，在这个水池旁，再挖一个露天大池子，要灌上水泥，保证不渗水，不掉泥渣，而且，四周需要砌上围墙，防止大风把沙子吹进来。这样的话，第一个水池当作蓄水池，第二个水池，可以用来打浇洗。考虑外地的泳池宽而大，跟个足球场似的，我们决定，第二水池，再加宽加大。

挖泳池的事传出去，不少人看笑话，有的大人还会踢上自己小孩几脚，认为成天瞎胡闹。可十六七岁的小孩子，正是精力无处释放的时候，一旦有了目标，恨不得连天连夜完成。我记得，好几个孩子，让我别干活了，在旁边帮着写暑假作业，因为我做题比他们行。大家掏出自己的零花钱，凑着买水泥、细沙还有大青砖。钱不够，巴格图还把自家放在山里的羊卖了三只，还给家里人说，被野狼给叼走了。我们买了一手扶拖拉机的水泥，一车大青砖，还是不够，又加了一车，还四下里搜觅，搬来平展展的大石头，砌成坡面。还把四川的包工头请过来，专门给我们示范，如何砌砖、垒石头，做一个下水时踩着的台阶，还有建泳池的闸口等。后来水泥不够，我们没钱可凑来买了，德元直接从自家准备盖新房用的水泥堆里，拉来了七八袋水泥，不断给泳池加固。

都是农家子弟，干活一把好手。想到以后能打浇洗，跟鱼一样游在水里，大家心潮澎湃，干劲十足。大家吃住在一起，亲密无间。伙食由拉图尔负责，他从家里搬来大锅，每天上午用捡来的柴火炖上羊肉，再用滚烫的肉汤，下一锅面，煮一锅土豆和玉米，任谁一场，连赞不绝。每次吃饭，大家打趣逗乐，笑声冲天，这恐怕是戈壁滩上从来没有过的。

泳池建成了，人可以从北面中间的台阶上走到水里，也可以直接跳进去。泳池西南边开了一个口，挖了一道槽，做了水闸，可以出水。水放出去后，四处流淌，慢慢地洇入了戈壁中。我们试着放了一次，水一阵子就渗完了。

"哑咕嘟（太棒了）！"望着颇具气势的泳池，扎西开心地喊。

"哑咕嘟！"大家跟着喊。

德元建议给这个泳池取一个名字，而且让我取，说我内地来的，有文化。

"露天的泳池，非常天然，就叫天池吧。"

"好，天池，哑咕嘟！"

五

男生们除了练狗刨式，还像电视里演的那样，照猫画虎，学习蛙泳，甚至打算以后进国家队效力。大家穿着各色裤衩，有些补丁摞补丁，一起站在岸边，煞有介事地摆臂、起跳、入水，跟一块大石头扔进去一样，嗵嗵嗵的，砸得水花乱溅，然后从水里站起来，擦干脸，蹲好，深吸一口气，手臂划动着，腿慢慢伸开，打算凫到水面上。自然，身子像秤砣一样沉进了水里。但大家不屈不挠，哪怕洋相百出，也坚持不懈，想方设法让自己凫到水面上。有的人稍微凫了一下下，就高兴地尖叫起来，觉得太神奇了。

一帮男孩子打浇洗，女孩们坐不住了。当然，这事已经轰动了整个乡，乃至全县。有些大人们看到后说，把这些边娃们吃饱穿暖和了，瞎胡闹呢，送到地里干活，看还这么有劲没？包括一些穿着中山装的干部们，开车专门来探个究竟，眉开眼笑地说，要申请建个游泳馆，这大露天的，玩到兴头上，一场风或一场雨，岂不是给整泡汤了？

玗儿带了一帮女孩来了，老远就喊："边娃们，你们走开，让我们也打个浇洗。"

"回家挂吊桶去，我们是男的，带把子的，你要是带把子，你也来啊。这是我们带把的玩的。"

"谁说的，你们光屁股能玩，我们为什么不能玩？"

"有本事你下来啊。"

"下来就下来！"玗儿走近池边，黑黝黝的俏脸上有一股不服气。

其他女生也跟了过来，大着胆子，指点着我们。这下，我们有些不好意思了，把脑袋和身子压得非常低，生怕漏光。

德元蹲在池子里大呼："玗儿，你先走开，我们穿上衣服再说。"

"我偏不走开，你们说，到底女生能不能？给个痛快话。"俏儿知道，在这帮孩子中，德元是主心骨。

"能能能，我们白天，你们晚上。"德元说，"你们先走开，等我们把衣裳穿好，再跟你们商量，毕竟，这个天池，是我们建的，你们连一把土都没动过，是吧？也没说过来给我们做顿饭，对吧？"

"我们不知道你们建这么大个泳池。"

"你不知道，难道你弟弟也不知道？他天天来这里看呢。"

"德元，你抬杠是不是，我不知道就是不知道，你又不知道我知不知道，胡说什么呢？你们出来，我们玩一会儿。"

"大白天的，你们也不好洗啊。"

"谁说不好洗，一百米之内，不许有男人靠近，我们安排人，站岗放哨！"

有一个女生，后来我知道叫阿西娅的，憋不住笑起来，如银铃般美妙。她赶紧用手把嘴捂上了。我看到她的红色衣裳在蓝天背景中不断摇曳，红扑扑的脸蛋上清亮的眼神好奇地打量着我们。大团大团的云朵，在她头顶上像蘑菇般绽放。那一幕特别好看，又令人难忘。

我们集体投降，让她们先离开百米，等我们穿好后再来。我们心想着她们打浇洗的样子，不由得一阵悸动。尕桑主动提出要帮女生站岗放哨，被俏儿一口拒绝了。我们只能远远地走开，到废弃的农场岗楼下，啃着从翻墙拔来的胡萝卜，遥望着女生打浇洗的样子，捕捉风中吹过来的她们的声音。

女生出现的地方，要比其他地方要明亮一些。那时候，我们的身体开始像吸足水的麦穗一样饱和起来。一种叫荷尔蒙的物质在血液中流动，搅扰得我们大脑神经元突触不已，把身体指挥得乱七八糟。我总觉得应该干点什么，才能让我内心消停下来。我感觉体内钻了一只受困的豹子，左突右冲，非要释放出来不可。

六

让我跟德元拉近关系的，并不只是打浇洗，而是一场惊险的阻截行动。

德元是农场子弟。那是20世纪六七十年代的历史产物，影响深远。这一大片土地上，有好几座农场，场部的大门早被拆卸了，砖墙不少处豁开了口子，倒是几个挺立的岗楼还在，远处看上去，有那么一些神秘感。从公路上穿行而过，就可以看到农场阔大的砖墙还有高耸的岗楼。据说过去的农场几乎是个小镇，有学校、商店、邮电所、派出所、理发馆、照相馆什么的，现在农场撤了，里面大多职工回老家了，有些人留在了当地，成为了本地人。德元爷爷辈就在这边，但不知道为何来的。德元父亲是做豆腐的，做出来的豆腐又白又嫩又滑，深受村民们的欢迎。他们在这里生活惯了，回老家没多少亲人，农场一解散，便申请留在了这里。我经常看到德元父亲穿着翻毛羊皮袄、骑着一辆摩托车四处送豆腐，叫卖起来声音震天动地。他人很好，有时候看到路边走着的外地人，会主动停下车来，问问去哪儿，要是顺路，会捎上一程。

德元家里养了十几头牛，经常会有老牛生了小牛犊。生了小牛犊，德元就有活干了，一大早要起来挤牛奶，挤上二三十斤，到县城的各小区里去叫卖。我跟他去过一次，柏油马路平展无比，风轻快地掠过脸颊，像是在召唤我们。我们把车子骑得很快，两旁的白杨树齐刷刷往后退。进了县城，他腼腆地笑一笑，在我面前喊不出来，扭捏了一阵，他才鼓足勇气，不断喊着牛奶了——牛奶了——，声音比乌鸦叫还单调而重复。我有些奇怪，这样喊能有人来买吗？这么壮实的家伙，声音咋这么小？可随着他声音的回荡，有人就从窗口处喊一句，来一斤。德元就在门口等，主人拿着盆子出来，他用罐子满满给舀上一斤。

我父亲一天也走街串巷，不过他是骑自行车去的，后座上挂着他从老家带来的铁器，丁零当啷的，人还未到，声音先传过来了。我跟着我父亲，叫卖过一天。早晨出发，晚上十点回来，中午站在别人家门口，讨了一碗茶水，啃着自己带的干饼子，算是休息了一阵子。其他时间，从一个家门口到另一个家门口，冲里面高声喊叫着，询问家里需不需要锅盖或水罐。整天下来，能换掉两三件铁器。这里的村民，一般是记账的，我拿了你的东西，你记上，到了秋收时用车来拉粮食。有时，我担心父亲会忘掉或搞混，父亲淡淡地说了句，这里的人，不会赖账的。当然，以防万一，他回到铺子里，又会重新记一下当天的账单。因为母亲老批评父亲，欠出去的账自己都记不得，等别人送上门了，还想不起来。

我母亲经常会大声喊住德元的父亲，切上一两斤豆腐，给全家人做麻婆豆腐。我父母在乡上街道租了一个临街的铺面，原是20世纪七八十年代电影院的售票处，后来几年一直作为我们临时寄住的地方。房子几个窗户全破了，糊了塑料纸，风沙吹起来，塑料纸哗啦哗啦响个不停。我母亲后来在这些窗户上挂上了厚厚的窗帘，但风沙季节，沙子也不知道从哪儿进来的，随便往桌子上一摸，手心里就多了一层沙土。

电影院虽然不再营业，但门头依然高大气派。小时候，我在老家特想看电影，但因票价的问题，只进去过一次。有一年，我特别想看最新上映的《世上只有妈妈好》，但一元五角钱的票价，像一座大山一样，阻挡着我进入电影院。那时候，一元五角钱，对节省点的家庭来说，可以当一个月的零花钱。到了赛什克，居然有这么大的一个废弃的电影院在附近，好奇之极。电影院的红漆大门，早被人砸开了，虽然拿木板钉了很多次，但依然有一个大洞。我刚到赛什克的第二天，看到有小孩从豁开的红漆斑驳的木大门的洞口中钻出来，好奇地看了我一眼，掉头离去。我也忍不住，钻进去看个究竟。黑黢黢的影院里，一排排淡黄色的看上去还很新的凳子上落满了厚厚的灰尘，一道强烈的光束从二楼的窗户中灌进来，聚焦在中间位置的一排座位上，明晃晃、空落落的，又似乎觉得那儿有活生生的观众。过道中有不少凌乱的脚印，估计是偷偷钻进来的小孩踩的。舞台上仿佛有人影在晃动，走近了，才发觉那是一长串从空中掉下来的绳子，挂满了蛛网。幕布早被人摘走，有几张缺胳膊少腿的桌椅，躲在角落处，像孤儿一样可怜巴巴的。我走到二楼，这里的木门上钉了一层又一层的木板，透过缝隙，放映室里那些让我们肃然起敬的机器上，灰尘盖得比巴掌厚。

电影院里幽暗、阴凉、静谧，虽然每天会有不同时间段的光束打进来，但因过于安静而令人心慌，似乎置身于另外一个时空，整个社会与你隔绝了。不过，我还是喜欢钻进来写作业、看书。我父母租住的铺面里，没有一张好桌椅，还动不动有人冲进来，打断我的思路。

有一天，我在电影院里的光束下看书，听到身后发出巨大的响动，放映孔中穿出来的光线忽明忽暗、摇摆不定。我立即感觉有问题，大声喊："是谁？"

有一个大汉，抱着一个类似放映机一样的铁疙瘩，从二楼噔噔噔冲下来，一脚踹开西门的门板，低头想钻出去。我跑过去拦截。

"你不要多管闲事，我又没拿你家的。"

"不行，这是公家的，不能拿。我们专门给看着呢。"

"给你钱了还是给你房子了，让开！"他用肩膀用力撞了我一下，趁我后退时，凶狠地朝我面部踢了一脚，趁我在惊吓中，窜出去了。

太阳亮得快闪瞎人的眼。我忍痛追，刚好看到路对面走过来的德元。

"德元，快追，快追！"太阳白花花的，路上行人稀少。

"怎么啦？"

"偷东西了。"我指着前面抱着机器、旁若无人但疾走的汉子，他穿一件灰色的夹克衫，头发乱蓬蓬的。

"你拿什么了？放下！"德元手一指，追了上去。

"跟你有什么关系？"对方说，"德元，你走开。"

"不行，你把东西放下。"

"你跟他是什么关系？"

"他是我朋友。"

说话间，两人扭打在一起，我跟上去，也加入了战斗。当然，我俩是敌不过对方的，他体格魁梧，巴掌跟蒲扇一样。但他不敢对我俩下狠手，毕竟这不是他的家乡，他有所忌惮。我俩拳打脚踢，大喊大叫，把他弄得无比紧张。一种前所未有的情感，激荡在我胸中，有点热血澎湃的意味。我完全忘记了疼，只朝对方击打。大概打斗了十分钟左右，那家伙把夹在腋下的机器往地上一扔，滚了几圈说："一块废铁，我不要了。"

他转头就跑，嘴里骂骂咧咧。我俩无心去追，吃力地抬起那块生锈的放映机，送回到二楼，又找来钉子，把门上的木板加固了。

后来，派出所抓到了这个大汉，是从内地跑来谋生的，一开始在农场里打点零工，时间一长，不知道怎么喜欢上赌博了，不好好干活，干一些偷鸡摸狗的事。我和德元被派出所叫过去做了笔录。民警喃喃自语地说："过去，几乎没有偷啊摸啊的事情发生，牛羊赶出家门去吃草，不用管的，到了晚上自然会自己回来，这几年怎么啦？"

面对疑问，我们也说不出个所以然。

我跟德元的感情，经历了这么一次惊险的搏斗，加深了许多。

七

赛什克是柴达木盆地的一小部分，几乎每天抬头会撞上令人心醉的蓝天和亘古悠然的白云，加上望不见尽头的戈壁滩，笔直如剑的公路，坦荡开阔的草原中夹杂着的碎星一般的野花，粲然盛开的油菜花田，还有泛着银光的盐碱地和哈达一样飘动着的盐湖，遥远的青黛色中露出一点白尖的雪山傲然耸立等，让这里的一切激荡外来者心田。走在公路上，偶尔还能撞见黑红黑红的脸蛋上挂满笑意的农民或牧民，以及骑车飞驰的驴友和磕长头的僧人。

我大学时才知道有位叫海子的诗人，在赛什克的不远处写了一首诗，叫《姐姐，今夜我在德令哈》。有一年暑假，我来到赛什克，背包中就背的是海子的诗集，这首诗被我读了又读，泪水情不自禁地溢出。德令哈离赛什克不远，经常有人去德令哈购物或玩耍。我专门去了一趟德令哈，与我读书的大城市相比，这是一座干净和空旷的城市，而在当地牧民眼中，却是繁华而富庶的。

尕桑学习不好，他父母是乡镇干部，对他期望很高。他家里买了中学各个年级不同种类的辅导书。有一次，他听说我有一门课的暑假作业没带，便让我到他家里选。我进去后才发现，他家的四合院宽大整洁，三面房屋全是从屋檐垂下来的玻璃窗，在太阳照耀下，光线相互反射，整个院子明晃晃的。中间有一座塑料大棚，里面冒着热腾腾的白气，辣椒、西红柿、青菜等长势喜人。尕桑的卧室在东面。我到了门口，他又推开我，说别进去了。我闻到房间里蒸腾着一股味儿，是羊肉味、酒味、臭鞋味还有汗渍味等混合在一起发出的，几乎能把人呛一个跟头。他让我坐在客厅的沙发上，问我吃不吃糌粑，我说算了，着急回去呢。他就给我倒了杯热腾腾的奶茶，提来一条风干的羊腿，放在大的木制托盘里，顺手插了一把刀，让我自己削着吃，别装假。

他转身从卧室里抱来一摞辅导书，扔到沙发上，对我说："我哥给我买的，他在读大学，学计算机，我家复习书多着呢，我看不过来，一看就脑瓜子疼，瞌睡。你想看，都拿去。"

我欣喜万分："有这么多复习书，还有个哥哥指导你，你肯定能考上大学。"

"大学不大学的，再说！"他拉了一把凳子坐在我面前，脸几乎凑到我面前："我为什么要考上大学？大学里有琄儿吗？我看上琄儿了，你说，我怎么才能把她娶到手？"

我嘴咧得大大的，不知说什么好，就那样僵直地坐着，瞪大了眼。

"难不成你也喜欢琄儿？"

我摇摇头。

他家的藏獒拖着庞大的身躯迈步进来。尕桑令它坐好，它就卧在地上，瞪着我。我记得，我第一次见到它时，这家伙还小，愣头愣脑的，憨实可爱，咬着我的鞋子不放，甩都甩不开。没想到，三年不见，如此雄壮。它冲我一龇牙，我心里一惊，不会突然扑上来吧？

"我跟琑儿是同班，我看上了琑儿，"尕桑干笑一声说，"她没看上我。我给她送了一个软皮笔记本，喏，桌子上那本，还有一支英雄牌的钢笔，她不要，推开就走了。"

那时这样的礼物，不仅算是昂贵的，同时非常难得。尕桑的父亲在铁路上工作，据说还是干部，母亲虽是当地农民，但个头高，形象姣好，平时不怎么干农活，在街道上开了家小商店，据说赚了不少钱。尕桑手头宽裕，花钱大手大脚。建"天池"时，他一个人就掏了三百块，后面又补了两百，彼时属于多金大少。

"强扭的瓜不甜，算了。"

"要不我送一张自己的照片给她，签上名？"他问。

"不合适。"他对自己的形象非常自信，可事实上，他是酒糟鼻，不见得有多帅。

尕桑找不到取悦琑儿的方法，像战败的公鸡，有些沮丧。他告诉我，他本想约琑儿去县城看电影，但琑儿说，她父母不让她接收男生的礼物，也不能跟男生单独出去。

这个理由冠冕堂皇，但也牵强。父母不让干的事，可多了。

望着浓眉大眼、棱角分明的尕桑流露出的伤心，我心惊肉跳。

为什么呢？琑儿跟我单独出去过的。

前些天晚上，琑儿装作逛街，路过我家铺子时，嗖一下窜了进来。琑儿嘴里说要给家里挑一个铁锅盖，拿起这个掂量那个，却像个话痨，跟我母亲拉扯了很长时间的家长里短。我在操场打篮球，比赛激烈，皓月当空，一直打到晚上十点半。琑儿估计等不住了，闲话也没什么可聊了，便给母亲说想看看我的书，借本书，结果她没借书，看到我那本摘录了不少歌词、名言警句之类的日记本，就抱走了。日记里还有我随性写下的一些感想，中间贴了不少花花绿绿的当时最红女明星们的大头贴等。她以抄几首歌词的名义借走了，我妈当然不会拒绝。同学间借书抄作业之类的，经常出现。何况，作为过来人，我妈一眼看透了琑儿想找我聊天的心意，并为此高兴了许久。

第二天琑儿还回我日记本时，我出去跟一帮小伙子们打野鸡去了，晚上回家，翻开日记本，发现她用红笔把我抄错的歌词给一一改过来了，而且还在有的歌词旁边，写了三五句感想。她的字体娟秀中带着刚劲，有点像她的外貌与性格。我倒没有隐私被窥视之类的愤怒，反而有一点点窃喜，因为跟琑儿建立了某种难以言传的秘密纽带。

有了第一次，就有第二次、第三次。每次，琑儿以逛街的名义，走到我家铺子门口，闪身进来，要么边聊天边帮我母亲干活，要么一个人坐着翻我带来的书，要么在我日记上抄她最近记住的歌词。当然，离开的时候，总会捎上一两件铁器回家。

我妈大多时候一个人闲着，有个人陪着谝谈，自然高兴，拿出干果来，热情招待。

后来我才了解到，她俩聊的话题，以我居多。瑞儿给我说，我妈讲起我来，脸上的褶子全堆到一起了，笑成了花朵。

瑞儿成了我妈孤独时的好伙伴，还打车陪我妈去了趟县城，逛了一下午，挑了件冬衣，并主动付了钱，说是送给我妈的。我妈怎么给钱她都不收。两人一起吃了晚饭后，还去看了场电影。我妈虽然在赛什克守着一座废弃的电影院，但从来没进过电影院，屏幕里那么大的人，把她给吓得心快跳出来了。我听说了后，为表达感谢，给瑞儿送了一台收音机，那是我用来听英语广播的，半新，巴掌大，能收到全国各地的广播，有些频率成天播放流行歌曲。瑞儿在我家铺子里等我时，听过一两次。我把银灰色的收音机送给她，她可高兴了，睁大了眼睛，不相信地问了几遍，真送给我的吗？真送给我的吗？

投桃报李，瑞儿再次来我家时，送给我一块心型的玉佩。当时家里就我俩，她站在我面前，摊开手掌，露出玉佩，大大方方地说："祖传的，昆仑玉，我爸给我的。给你。"我当时不知道玉佩有多宝贝，以为是小孩的玩具，居然推辞一番后收下了。

为了表达欢喜之情，我在日记本上写了一首诗，题目叫《得玉佩有感》，瑞儿看到后，和了一首《赠玉佩有感》，文采比我的好，其中有这么两句让我怦然心动，一下子记住了：玉如人兮人如玉，见君子兮胡不喜。

我觉得有恋爱的感觉，只是这种感觉，压在心底，没有说出来而已。

瑞儿为了避开人，不让人看到她经常往我们租住的铺子跑，有时会趑摸到电影院后面，那里是一大片一大片的菜籽地。她出了家门，顺地塄走过来，从电影院的院墙豁口处，喊一声我的名字，我立即奔出去，翻墙而过，在一人高的菜籽地里，跟她肩并肩一起散步、聊天。农田因为浇了水，长势很好，菜籽花金灿灿的准备要燃烧，杆子又粗又绿。茂盛的菜籽，很快淹没了我俩的身影。

我俩一聊往往好几个小时。赛什克属于德令哈市管辖，我便背诵诗人海子在德令哈写的那首诗。瑞儿听完后说："德令哈，一片金色的原野，过去是，现在也是，孕育着希望，也饱含着失望，据说，以前这一大片地方，都叫德令哈。后来规范地名，更名到那边了。要是有一天你写诗成名了，赛什克也跟着你成名了。我也会跟着你出名的。"

我摇摇头，装着深沉地说："我们不能为成名而写，而是为自己的心灵歌唱，我手写我心，我一定要写出真正的自我来。"

穿过几公里的油菜花地，越过横贯戈壁滩的铁路，爬上北面某一个沙丘，正是夕阳西下时节，我俩喝着可乐，望着暖色调中的赛什克，还有眼前黑亮黑亮的像孤寂的巨人的双腿一样延伸到视野尽头的铁轨，相顾无言，感受着这人世的短暂与世间的美好。

她轻轻感叹，乡上没个书店，县上书店里，也没几本自己喜欢的书，要是自己到大城市里的大书店里，几天几夜不吃不喝，看一本又一本的好书，就过瘾了。

俏儿是农场人的后代，第三代。赛什克属于牧业区，海拔高，人烟稀少。最早进入戈壁滩开荒建农场的干部职工，是从战争年代走过来的军人，觉得这里平坦坦的，好地方。他们在戈壁滩上选址、开荒、修路、建场，管理犯人。一批批从内地各省市公安机关押来的犯人，在这里劳改。后来有大批随内地各个省市劳改单位整体搬迁的干部职工，不断充实着这里的人口。所以农场第一代，有干部、有犯人，后来各种原因留到了赛什克，其中不老少是大老粗，但也有名满天下的学人，被打倒到这里接受环境改造的。这样的犯人，有时请都请不到，这时候来了，本地就会才尽其中，让他给孩子们教书。那教书水平，自然是顶呱呱的。

我猜测俏儿应该出身在书香世家，但俏儿说他爸不喜欢读书，甚至不想让子女们读书，觉得老老实实当一辈子农民更好。他爸爸恪守这一点，但在改革开放的热潮中，灵机一动，跑起了大车，赚了不少钱。赚了钱，不限制子女们读书了。但俏儿哥哥已经对书没兴趣了，倒是俏儿，经常会捧起一本书，一读大半天。

我说："以后，我要来赛什克开家书店，摆上最好看的书。"

俏儿很认可我这一点，看我的眼神，水汪汪的，无比憧憬。

"阿壤啦嘎格都。"俏儿轻轻地说，跟微风拂面一样轻。

"什么？"我问。

"没什么。"俏儿红了脸，又轻轻说了一句，"阿壤啦嘎格都。"

"阿壤啦嘎格都。"这次我听清楚了，问了一句，"是什么意思？"

"意思是，你好。"瑞儿说。给我做了一个非常奇怪的手势。这个手势不知她练得很熟练，还是我脑子笨，没看明白。她先是用食指指指我，再指指自己，在胸口处画了一个圈，双手合拢，比划成一个心型，吹了一口气，浅浅一笑。

我觉得，瑞儿那天的表情怪怪的，像一个等待爆炸的气球，但没有爆炸，却飞走了。

那时候，都在传瑞儿已经在父母安排下订婚了。这件事上我无能为力。我不敢许诺，因为我不知道能不能考上大学，就算考上大学，听说以后的大学生不包分配了，也就是自己去找工作。自己怎么找工作呢？公家的工作不是分配的吗？当时对未来我一片迷茫。我不能给瑞儿承诺什么。面对她用藏语说的"你好"，我只有重重地点点头。

瑞儿跟我说起以后考上了大学，别忘了她时，我还是重重地点头，强调似的说了一句，你也是啊，考上了别忘了我，我们经常通信。

八

打浇洗像风一般刮过了赛什克，随之而来的是各种雨点般打下来的问题。瑞儿带着一帮女孩打浇洗，这让许多男孩惊掉了下

巴,也让那么多老人拍案而起,觉得有伤风化。考虑到大家的想法,
琄儿她们安排一个女孩在泳池旁边放哨,其他女孩,一起跳进水
中,玩个痛快。起初那段时间,每次都是她们女孩先要进去打浇洗,
让男孩们离得远远的。她们洗完,池子里充满一股香味,有不少
掉落的长发,让一帮男孩兴奋不已,也头疼不已。

尕桑往往会第一个冲进去,大喊:"香喷喷的,快来啊——"

我们接二连三跳进水中,像鱼儿一样,在清凉的包围中欢快
地游起来。

白天烈日,四围的水泥地面被晒得滚烫,站上去,脚心有灼
热之感。

游一阵子,狗刨片刻,大家就累了。打浇洗可是个苦活累活,
众人感慨之余,没有耐心按照游泳指南,一招一式地训练,而是
躺在池边晒太阳。挂满水珠的皮肤,在大太阳下一暴晒,第二天
就脱一层皮,人也跟油炸的大虾样通红通红的,还泛着一层黑亮
的光芒。

大家躺在池边闲谝。尕桑贼兮兮的,出了一个馊主意,说要不,
我们一起来偷看她们洗澡。我们可以声东击西,从一个方向的活
动,吸引放哨的女孩的注意力,然后从另外不同的方向,偷偷爬
到泳池旁。

大家呸呸呸的,骂了尕桑一通:"要不要脸?"

但万万没想到,没过几天,有一个人,戴着黑色的鸭舌帽,
帽檐压得低低的,鬼鬼祟祟的从北边的沙丘后穿过来,在女孩们

打浇洗时，迂回着，想到边上去看。但泳池修建的地方，地势开阔，站岗放哨的女孩，一眼看到弯着腰闷头往前冲的男人，便大喝一声，让他停住。他根本没有停下来的意思。放哨的女孩捡起一块石头，冲他扔了过去。那个人发现了在他脚下打滚的石头，抬头望着放哨的女孩，用手比划什么。

那天放哨的是阿西娅，看着温柔，实则脾气火暴。她从地上扯出一根藤蔓，提着就朝那个人冲过去，抡圆了砸过去。谁知，那个人生生挨了一条子，不紧不慢地往北跑，一声不吭。阿西娅越骂越气，追得越紧，打得越猛，不断喊："畜生，站住！"

那个人自然没站住。但阿西娅听到后面的女孩们惊叫了起来。原来这是调虎离山之计，另一个人趁阿西娅脱岗之际，偷偷跑到边上看女孩子们打浇洗。这两个人都是戴着鸭舌帽，用围巾包住了脸，只露出一双眼睛。女孩们发现这个人时，他已经躲在七八米外的一丛骆驼刺后面，正色眯眯地瞅着她们呢。

女孩们纷纷沉到水里责骂。阿西娅反杀过来，兜头往这个男人身上抡上几条子。但这个男人经打一样，边跑边望着泳池，恋恋不舍的样子，还顺手捞走了一个女孩的红色内衣。

我们疑心，这个人，会不会是孨桑？毕竟他提议过。但孨桑说，我怎么干这种事呢？打死我也不会！他赌咒发誓，大家自然没有追究。

以后，女孩们只要打浇洗，就提前通知，安排男孩子们在外围放哨，让男孩们盯得死死的，连一只麻雀都不放进去。

但这种事很耗时间，动辄需要一大帮人，但每个人都会有自己的事。从开头天天去换水打浇洗，到后面两三天打一次，再到后来，一周约一次。每次打浇洗之前，大家都要换水。换水之前，要把泳池擦洗一遍。每次往往是女生先打浇洗，擦洗的事，交给女生的多。女生有些不乐意。因为每次洗完后，经过一两天的风吹日晒，泳池里不仅多了一层沙子，还有树枝、枯木、石块、泥疙瘩等，而且底下会澄下一层黑乎乎的胶泥。如果每次不掏洗干净，一打浇洗，水就浑浊了。但掏洗起来又非常麻烦。

后来，琑儿的父亲出事了，琑儿许久没有露面。琑儿的父亲跟几个朋友去山里抓羊，车到山根后遇上了风雪，他们打开车里的暖气，取暖休息，估计喝了点酒，居然都睡着了，车却没开一丝缝隙。车内的二氧化碳就把四个大男人都给打死了。这让我们特别震惊。

没有琑儿带头，女生来打浇洗的，越来越少。

琑儿父亲出事后，有些事情像雨过天晴后的雪山样显露出来。半年过后，她母亲决定改嫁，而且要嫁到一个非常遥远的地方，因为那边有亲戚。这时候，琑儿爷爷说了一件令琑儿无法接受的事，琑儿是捡回来的，真的是，孤儿，有人扔在他家门口。估计开车路过，看他家大门新刷过漆，像有钱人家，扔下就走了。现在琑儿长大了，何去何从，得有个说法。

那时候我已经到外地上学了，而且像个燃烧的狐狸一样，成天围着一位女同学。听说琑儿休了学，经常在月光下去打浇洗，而且是一个人。

<h1 style="text-align:center">九</h1>

山洪涌下来时，像黑夜中的万马奔腾，声音充塞天地不说，黑压压的一大片，以扫荡一切的姿势令人不寒而栗。这天，一帮男孩正在打浇洗。起初，风起，乌云遮住天地，大家觉得凉快，正高兴中，暴雨来了，拿水枪往下喷似的，接下来，指头大的冰雹砸下来了。大家泡在水里，冰雹砸在身上，生疼生疼，但还耐得住，加上有遮阳伞，不少人躲到伞底下，本想着风雨过后，继续在彩虹底下打浇洗，谁知道，牛蛋眼尖，一眼看出北面山里有些不对劲，宛若龙腾虎啸。

"怕不成，发山洪了？"

"发个球，十几年没发了，就算发了，也淹不到我们这边来，山根子闹一阵完了。"

"不像啊，像一个滚筒，滚过来了啊。"

"那条线越来越长了，那是浪头！"

"咱们跑。"

尕桑跑得最快，他一户一户通知，小心山洪冲进家里。有一年，山洪把村子全淹了，淤泥掏了十几天。喊完人家，他突然想起"天池"的闸门没打开，而渠里通往"天池"的闸门是开的，洪水一下子会从闸口涌到池子里。

赛什克有辽阔的草原，奔腾的骏马，也有一望无际的戈壁滩，令人发愁的盐泽地。这里的气候很奇怪，春天刮大风，有时沙尘蔽日；夏秋季干旱少雨，可一旦下暴雨，那了不起，感觉雨点子要把大地打穿，而且容易转成冰雹。阿西娅家的菜籽，我刚到这里的那一年，被一场冰雹打了个精光。雨过天晴，彩虹当空，阿西娅母亲站在地楞上号啕大哭，悲痛欲绝。这里的大多农田，靠灌溉完成的。暴雨是个危险的怪物，而且可能会引发山洪。大家对暴雨没好感，对山洪更是谈虎色变。

尕桑想到了"天池"，脚下就跟着火了一样，迎着洪水跑去。他不想自己和小伙伴们辛辛苦苦挖出来的泳池在洪水中毁于一旦。如果洪水冲进去，闸门没开，洪水中包裹的淤泥还有杂质多半会漫在泳池里，很快会抹得跟地面一样平。不仅如此，肆虐的洪水四处冲撞，会把"天池"冲得到处都是豁口，再修建就特别费事。珰儿那么喜欢打浇洗，哪怕是远远的惦记，他也心满意足，可一旦被冲毁了，他就看不到珰儿打浇洗了，

尕桑想在洪水到达前，他赶过去，把渠里的闸门放下来，把"天池"里的闸门给打开。

但是他没成功。

返回路上，就遇上了冲在最前面的洪水，他不在乎。洪水像肆虐的毒蛇，嘶嘶乱叫不说，还冲着灌木丛、裸露着砂石荒滩、盐碱地、菜籽地、青稞地、树林里扑去，让这些地方改头换面，成为它的一部分。因为地处盆地，洪水四下出击，纵横捭阖，感

觉没有什么能阻挡住。铁路的北面，已经是浑浊的茫茫汪洋，难辨东西南北，甚至让人疑心，这里是干旱少雨的戈壁滩，还是沼泽之地。

如果当时尕桑折回，就不会有后面的事情了。

他为了不让"天池"被冲垮，估量着方位，冒着雨，在洪水中左跳右突，绕了一大圈后，来到了"天池"旁。

到处是洪水，满耳朵都是哗哗的流动声。这个声音充塞在天地间，似乎天上打开了一个缺口，把所有的水给倒下来了。

"天池"中的水，早就灌满了。或者说，一片洪水中，根本看不出，哪儿是天池，哪儿是戈壁滩。平时沙子滚烫滚烫、荆棘丛摇来摆去的，现在看到的是铺天盖地的洪水。

他卷起裤腿，蹚过去，摸"天池"的闸门。为了排水和蓄水，当时修建时，也按水渠闸门的样子，照猫画虎，给"天池"按了一个闸门。考虑到天池与地面持平，如果排水口过高，会导致水排不出去，为此，"天池"的四围有意识地建高了一些。排水口，却向下挖深了一些。当时想着，只要水排出去，流上一阵，会很快渗入上面是一层沙子的荒滩中。谁知道，这时候，到处是洪水，就是把闸拉上去，"天池"里的水位并没有下降。

相反，内外冲击之下，"天池"边上，垒起来的土坯，泡湿之后，逐渐松软，开始一块一块地倒塌，甚至被冲走。

天黑，乌云密布，在打开闸口的一刹那，一道雷电劈了下来。

尕桑根本没意识到洪水凶猛的力量。

脚下早就暗流涌动，但他觉得自己身体健壮，会跟大树一样，牢牢抓住地面的。一个浪头过来，他一个趔趄，不小心滑倒了，滑倒之后，再也没有起来。风在呼啸，洪水直接把他的身体卷成了自己体内的一部分，他像一根草一样被冲走了。他心想，抓住个什么东西，就可以停下来，洪水太猛烈了，完全超出了他的预料。实际上，他的手探出过好几次，除了淤泥，什么也没有抓到。

等他意识到不妙时，已经被冲进一个大坑里了。那是洪水冲出来的一个大坑，越来越深，越变越大，似乎要把地球冲出一个窟窿似的。他被冲进大坑里面，发现自己根本找不到地面时，才惊惶起来了。但那时候，他感觉自己的身体，在漩涡中不断往下坠，嘴里灌了不知多少口恶心的洪水了，甚至塞满了不少砂石之类的东西，吐不出去。他想喘气，但根本喘不出去，只有洪水不断往肚子里灌。

等人们找到尕桑的尸首时，已经在另外一个县的湖里。那个湖，有个非常美丽的名字，这些年成为网红打卡地，被称为"天空之镜"。

尕桑是天空的一分子。

高原如猛虎，高原如飞鹰，高原如一条长长的火舌，在我们生龙活虎奔腾之中，给我们上了重重的一课。得知尕桑离开的那一夜，夜黑如泼墨，我伫立在空空的戈壁滩上，我躺在沙丘中，静静体味着这里的一切。这里草长花开，冬雪皑皑，季节像个大姑娘一样变化明显，那么多熟悉的面孔，潮水般来了又走了，那么多声音在笑、在哭、在呼喊，似乎告诉我生活的样子。

后来听说，孕桑其实可以生还的，但他那时候太想保住那个泳池了。那是他的梦想，他的地盘，他的天堂。

十

我高考后的那个暑假，是在老家过的，并没去赛什克，而是金榜题名后，走亲戚访朋友，热热闹闹、兴兴奋奋地去大学了。进了大学不久，新的生活、新的同学、新的学习环境，让我每天感受到不一样的精彩。有一天，收到一封信，是㛃儿寄来的，有些意外。我知道她高考失利了。㛃儿在信中，隐晦地表达这么一层意思，她想当家庭妇女了，不想念书了，念书也念不进去。

我和㛃儿关系最好的时候是高二暑假，接下来是高三了，假期我没回赛什克。实际上，那晚的离别，让我感觉到万箭穿心。我几乎说不出话来。日后有一天我将临终，我估计想见一面的人还是㛃儿，想听听她的声音，告诉她，时光荏苒，我一直放不下她。

离开的那天，流云暖靆，戈壁滩里的白刺果鲜红欲滴。我们相视，半晌无言，一开口，㛃儿听出了我声音中的异样，也忍不住哽咽起来，甩甩脑后的发辫，情不自禁地往前一倒，快要扑进我的怀里。往前倾的时候，我吓了一跳，赶紧伸出双手，扶住她，还问她："你要干嘛？"

"傻怂，我把你吃了呢。"她用手指点了点我额头，飘然离去。

我走的第二天早上，她在赛什克站台上等着我，而且等我父亲返回之后，才拍打着车窗让我下来。她说要给我送一本书。取出来，是厚厚的《简·爱》，一看翻过不少遍，纸页的边上有些毛了。我惊讶之极，没想到在这个西部的偏远小乡镇上，还有这么一位小姑娘，阅读这么一本小说。

我记得琒儿丰润的脸庞上勉强挤出些笑容，两个酒窝中溢满了悲酸，反过来劝我："你别这么感伤了，世上的事，最会亏欠着点好，月亮一圆满，就要消失好几天；花儿开了，很快就要败了；果子熟透了，就会掉地下。"

到现在，这本书还在我书架上。

那也是我第一次，克服了外国名字长而绕口的困难，认真阅读一个外国作家的作品。一路阅读，一路感伤。

扉页上，她给我写了一句话：是你的就是你的，不是你的就不是你的。

我无言以对。这句话就像嶙峋的石块，搁在了我心窝里。

人世间，往往就是这样。

大一寒假我留校打工。暑假一到，我赶到赛什克时，先去找的德元。他请我到县城的大馆子里吃饭。两年没见，他完全成人了，高大魁伟，浑身充满力量感。强烈紫外线照晒下，他脸蛋上布满了浓烈的高原红，额头上一条蜈蚣般的疤痕十分明显，说是骑车卖牛奶时撞车了。他告诉我，琒儿嫁人了，男人高挑、帅气，是个西宁人，开大车的。琒儿在进藏的路上，开了一家馆子，主要做过油肉拌面和大盘鸡。哨儿负责饭馆日常运营，男人有活就跑车，没活便在饭馆帮忙。

我知道德元也挺喜欢哨儿的。但他这个人比较沉稳，跟赛什克周围的雪山一样，默默观望着，却不会表白出来。他估计即使表白了，哨儿也不答应，那样徒增一份见面的尴尬。据说才让当了护林员，成天在山里看守；陶格图日子过得不好，他把家里的牛羊全卖掉，也不管分给他的草原，成天不是醉倒在地就是吆喝着喝酒，好好的一份家业，让他给折腾光了。有时醉了，他就把给哨儿写的情书拿出来，大声地读，读得颠三倒四、泪流满面。

德元看到我背回来的书中有本《小说月报》，双眼放光，要拿去读一读。我还没读完，特别是其中一个中篇，我只看到一半，正在精彩处，但不好拒绝德元，这边没有能买到杂志的地方。他拿去读了一个假期，快开学了，还没给我。我有点纳闷儿，临离开时，便去他家要。他摊摊手说，给哨儿寄过去了，哨儿喜欢读小说。

"不要怪我擅自做主，哨儿不好意思向你要，就向我开口，我想你也会寄给哨儿的。"

"不怪你。你把哨儿地址给我，我经常给她寄。"

德元开着面包车送我去火车站，他花了一万块，买了一辆二手面包车，用来跑出租，短途。车在戈壁滩中颠簸，感觉要震散了，德元家的狗，甩着尾巴跟在后面。

我俩并排站在站台上。远方的村子影影绰绰，在夜幕下像一个个怪物。自然看不到"天池"，但我俩不约而同地望向那里，眼前似乎波光粼粼。

"那就这样吧。"

"常写信。"

"我给你带了包东西。头茬羊毛剪下来编织的羊毛背心，看你喜欢不。"

我接过来摸了摸，轻柔绵软，是好东西。

我对德元说："阿壤啦嘎格都。"

德元一怔，翻了个白眼，大笑着拍了我一巴掌："你疯了，我是男的。"

"我知道啊，有关系吗？"

"我没你变态。"

"我没有那个意思。"

"那你是什么意思？"

"你好。"

"错了，阿老（朋友），好什么好，我老了，得娶妻生子了。你要说你好，应该是贡卡姆桑。"他又强调似的补充了一下，"贡卡姆桑，是你好，阿壤啦嘎格都，是我爱你，给你爱的人说的，你懂了吗？"

"我懂了吗？"铁轨上的灯火在我眼前消失了，我似乎置入了无边无际的黑幕中，我怎么能不懂？我却什么都不懂！我咬咬嘴唇，学着说了句："贡卡姆桑"。

"这时候应该说，杰斯杰永，是再见的意思。"德元说，"我过一段时间，来上海找你，浪浪。"

我重重点头说："杰斯杰永"。

十一

前几天，我刷抖音时，翻到一条短视频，拍的是进藏的公路上，有一个满面黝黑但棱角分明的女孩，穿着鲜艳的民族服装，正躺在草坪中看书，看到有人在拍她，冲镜头一笑，起身跳起了舞，唱起了歌，那眼神、那动作、那笑容，酷似玥儿，让我情不自禁地回想起二十年前，她给我唱歌：

"西湖的水，我的泪，我情愿化作一团火焰……"

命运的选择与被选择的命运

——冶进海小说中的女性形象

张淑雅　　张一博

　　数年来，作家冶进海笔耕不辍，《锦瑟年华》《马兰花开》《月光下的兔子》等多篇小说相继问世，且大多发表在国内知名文学刊物上。笔者对其创作轨迹进行细究，发现其小说大多将目光投向都市空间内的各色男女，对其悲欢离合的故事进行深切体悟与叙描。笔者注意到，目前学界对冶进海都市小说的解读也大多抓住"城市"这一关键词，比如乡下人进城后，其所面临物质世界的冲击、精神世界的迷茫与崩塌，以及无法融入都市生活的痛苦与挣扎。但是对于生活在都市特定空间内女性的相关研究较为缺乏，本文正是基于此，力图弥补薄弱环节，希望在冶进海都市女性系列小说的相关研究上有所突破。对都市女性现实困境的关注与及时反馈，彰显出作家开阔的视野以及时代责任与担当意识，这在当下宁夏小说创作的文学生态中，显得尤为可贵。因此，本文试图历时性梳理冶进海在不同时期创作的都市系列小说中的女性群体，旨在探讨作家笔下女性形象的流变规律，对女性形象进行勘察与透视。

冶进海在《小说月报·原创版》2023 年第 3 期发表中篇小说《月光下的兔子》，小说中主要涉及的女性人物形象有女主人公曹秀娥，她患有重度抑郁双相情感障碍，深陷虚拟游戏世界中难以自拔，其母亲王红丽早期疏于对女儿的照顾，后期又积极为女儿进行心理疏导，其奶奶则长期处于失语状态。其中最引人注目的女性形象是少女曹秀娥，作为留守儿童群体的一员，父母在其成长中的缺位使她变得异常脆弱、敏感，恋情的受挫使其深陷情感的泥淖，父母离婚成为她走向崩溃深渊的最后推力。桑塔格在《疾病的隐喻》中曾言："疾病的罗曼蒂克看法是：它激活了意识……它能把人的意识带入一种阵发性的悟彻状态中。把疯狂浪漫化，这以最激烈的方式反映出当代对非理性的或粗野的（所谓率性而为的）行为（发泄）的膜拜，对激情的膜拜……"所以在遭遇重重打击后，曹秀娥不可抑制地陷入抑郁的疾病状态，内心深处的痛苦难以消解，只有借助虚拟世界才能宣泄自我。"兔子"意象作为现实与虚拟世界的共同所有物，在两个世界和曹秀娥的梦中反复出现，它一定程度上可视为作家内心温暖与美好的化身。兔子本身所具有易受惊吓、敏感多疑的体质，又可以将其看作曹秀娥的化身，兔子最终被放归田野，也隐喻着曹秀娥在逐渐走出自身的精神沉疴，为全面开启崭新生活作出尝试与努力。

不可忽视的是，造成曹秀娥不幸的直接缘由是其原生家庭的破裂。追根溯源其原生家庭的不幸，可以窥视到严峻的社会乱象，以母亲王红丽为代表的"进城务工"女性，经受不住都市诱惑，而在认清城市本相的虚伪与冷漠后，委身于同样出身农村的男性，婚后女性彻底丧失自我独立生存的空间。男性的权威造成了女性的悲剧，"中国传统伦理文化奠定了中国传统社会男女道德人格的基础，成为处理两性关系的指导性原则"（易银珍语），一旦女性价值得不到男性认同，就注定了女性的悲剧命运。在女性彻底沦为男性的附庸后，男性出轨，使女性深陷物质与精神的双重困境，而传统的伦理道德使其不得不为家庭表面的稳定隐匿自我话语，艰难生存。许多作家对女性角色的处理经常到此为止，如计虹小说《长颈鹿躲雨失败》中的中年女性方舒，因为身上背负太多责任，无法挣脱家庭的"罗网"而委曲求全。但冶进海笔下的王红丽并未止步于此，丈夫出轨后，她毅然离婚，可以看出女性自我意识一定程度的觉醒，但向女儿隐瞒真相这一行为，又暗喻传统道德对女性因袭的阻力，女性想要真正摆脱束缚、达到自我解放，绝非一朝一夕之功。王红丽走出旧婚姻牢笼的束缚，也并不意味着与旧人际关系的彻底决裂，其女儿作为旧婚姻破裂后的直接承受者，又成为女性在新的婚姻关系中的巨大阻力。

小说较少笔涉奶奶，她更多作为侧面形象穿插于文本，她既具备传统女性所具有的勤劳朴实等优秀品质，又有求神拜佛等封建意识，除了少量必要的话语，她更多是处于失语状态，正如埃莱娜·西苏所言："不是被动和否定，便是不存在。"这一长期处于"不存在"境地的失语女性启示读者对乡村老年女性的生存现状予以及时性关注。小说还有一个一笔带过的城市拾荒婆姨，其形象狰狞、贫穷泼辣，但仍将改善物质生活的希望寄托于男性，甚至不敢反抗男性，这向读者隐晦展示出都市老年女性生存境况的悲哀与凄凉。福柯认为，乌托邦是一个理念的空间，是所谓的"没有真实场所的地方，这些是同社会的真实空间保持直接或颠倒类似的总的关系的地方"。作家在文本中就有机塑造了一个乌托邦世界"桃花岛"，它实质上可以被看作是曹秀娥内心渴望的具象化，更多是超现实主义的文化幻想，表面看是以虚拟架空了世界，但"架空世界的真实性却是由第一世界（现实）挪移过去的。"（曹文轩语）因此它仍然可以给人以精神的慰藉。在这部小说中，作家对老中青三代女性进行了淋漓尽致地刻画与叙描。

发表于《青年文学》2019 年第 12 期上的中篇小说《北京亲戚》，塑造的"表姐"是属于那种贤惠、温柔、善良型的女性，在功利的世界中并没有太多的功利心，非常注重亲情，这部小说"表面上写表姐夫等北京的一众亲戚，但更多的是站在银川看北京，有意赓续老舍、汪曾祺等老作家文思，表现和审视有着几百年积淀的北京文化的里里外外。当然，小说同时没忘见缝插针地'夸'银川"（郑鹏飞：《时代风景与"移步换景"——读〈北京亲戚〉琐感》，发表于《银川日报》4月12日）。这与小说《首套住房》中的女主人公冯晓娇大相径庭，冯晓娇完全是一个物质化了的女人，房子在她眼中大于一切，大于任何人，于是为了房子，她几乎付出了自己余生，男朋友换来换去，感情只是为房子服务，但"难能可贵的是，作者没有简单化地处理冯晓娇这个人物，没有脸谱化，没有把她写得多么不堪，而是很有分寸地写出了她的多个面。作为物业管理人员，她非常负责任，面对火灾，挺身而出，毫不畏惧。用'我'的话说，她有'骨子里的傲气'，不肯做小三。初婚时与男方合买住房，再婚还是要合买，这也从一个侧面反映了她的独立意识。唯其是个'正常人'，是这个社会里的'常数'，才更具有普遍意义，更能揭示物质主义时代的人格特征"（张伟：《物质主义时代，爱情异化导致不可理喻的偏执——评冶进海的小说〈首套住房〉》，发表于《鹿鸣》文学杂志2023年第2期）。

冶进海在《黄河文学》2023年第5期发表中篇小说《城郊院子》，文本轻松自然，非常具有辨识度。在这部小说中，作家开篇即通过他人口吻，向我们展示了一个颇具独立女性色彩的"尕丫头"罗丽莎。"尕丫头"这一词语来源于青海方言，正如汪曾祺曾经说过："写小说就是写语言，语言具有内容性，语言是小说的本体，不是外部的，不只是形式、技巧。""尕丫头"这一词语在小说中的运用，既与作家的生活环境相贴合，也流露出独特的地方民俗文化色彩，作家的创作取材于丰硕的民间文化资源，这一称呼也拉近了叙述者与读者的距离，给人以亲切感。

西蒙娜·德·波伏瓦曾以"第二性"的概念揭示两性关系中女性的"他者"地位，"女人不是天生的，而是后天形成的"，"女人面对本质是非本质。男人是主体，是绝对，女人是他者。"在历史发展篇章中，女性往往受父权文化传统的影响，自动隐匿性别身份，成为男凝视下被审视和规训的"他者"。但女主人公"尕丫头"罗丽莎却将男性群体视为审视的对象，身处五位男性的性别场域中，却具备清醒的头脑。她以一个近乎完美的女性形象亮相，有才识又有善心，对生活抱有朴素的愿景，言语间颇具哲学意蕴，这一女性形象给予了读者多重想象与解读的空间。小说《城郊院子》的叙述空间具备浓厚的意境美，意境美体现在文学作品中，即为灵动的场景与作家的情感相互交汇，情景交融，给人联想的空间，进入艺术化的审美境界。在这部小说中，冶进海向我们展示了在一方静谧的城郊院子的诗意审美空间中，知识女性利用已有学识促进男性事业的发展。这就使小说与以《青春之歌》为代表的传统"一女多男"叙事模式，即女性在不同阶段，依靠男性力量不断成长，有所区别，甚至是恰恰相反。"城郊院子"小说名称同样耐人寻味，"城郊"处于城市、乡村的过渡地带，城市与乡村文化在此得以碰撞，而作品中的女性罗丽莎也同样兼具城市与乡村各自的文化肌理，这也可视作小说构思的巧妙之处。

作家冶进海在《天高地不远》一文中形象塑造了琑儿这一极具"自然美"的女性形象，有女性学者曾提出女性与自然相亲近的说法，因为女性"像自然一样孕育、哺育和守护生命，所以一直与自然和谐相处"。冶进海笔下的琑儿是柔和的，具有自然的灵动之美，她一出场就让人印象深刻，"身穿紫红色的运动装""骑着粉红色的斜杠自行车"，在草地上跳动唱歌，在充满野性粗犷的地区肆意自由地成长，与大自然亲切接触，洋溢着青春与活力，令人眼前一亮，也吸引了众多的爱慕者。文本从"铁匠家"孨娃的视角进行切入，从"我"与琑儿接触的几件寻常小事入手，勾勒琑儿这一鲜活的女性形象轮廓，比如她为饥肠辘辘的"我"送来吃食，即从侧面展示出她淳朴善良的性格。琑儿女性的自然之美还体现在她的女性智慧中，在"打浇洗"事件中，她一方面积极与男性进行交涉，为女性争取到了与男性相平等的权利，另一方面又细致地提出安排人"站岗放哨"的机制，避免意外的发生。虽然身处偏远地区，她也依然保持着对于文学纯粹的热爱，如阅读《简·爱》《小说月报》等，表现出女性对于知识的热爱与向往。此外，作家还将"我"与珣儿间的朦胧感情刻画得淋漓尽致，珣儿不同于传统女性对于婚姻的逆来顺受，她在已经订婚的情况下，仍然大胆表露自己的心意，"阿壤啦嘎格都"的语句与心形的昆仑玉佩背后，都是她对于幸福与爱情的积极争取。在文本中，作家还写到了具有银铃般笑声的阿西娅，她有着"清亮的眼神""红扑扑的脸蛋"，但面对来偷看洗澡的人时，她毫不畏惧，抡圆了藤蔓砸过去，积极承担保护一众女性的责任。在《天高地不远》一文中，女性是极具向善性的美的代表，女性之美与自然之美交相呼应，借助这些极具灵动美的女性，作家有机构造出一个充满"自然美"的世界。

总的来说，本文通过历时性梳理冶进海笔下都市系列小说中的女性形象，发现后期作家笔下的女性形象更加丰满、立体和生动，作家的创作技巧也更加圆熟。

冶进海笔下的女性形象往往基于不同的视角进行叙述，跨越多个代际和时空，这体现出作家对都市女性身份主体性建构等问题的纷繁思考与深切体悟，展现出作家对社会现实问题的密切关注，也呈现出积极的价值取向与鲜明的情感立场。诚然，小说中仍存在诸多可以更加深入、细致描摹、有待进一步完善的女性形象，文本中都市女性形象的建构也可能暗含男性作家基于自身性别立场的无意识介入，但瑕不掩瑜。作家对都市女性形象的多元化书写，无疑丰富了宁夏文学女性形象的版图，进一步打开了性别叙事的阐释与思考空间。基于此，本文从冶进海都市系列小说中的女性群像出发，希冀通过对女性群像的细致勘察，有力透视出小说更深层面的精神内核，继而感受作家开阔的写作视野，为宁夏都市文学的相关性研究"添砖加瓦"。

张淑雅，女，山东泰安人。现为山东师范大学文学院中国现当代文学专业 2023 级硕士研究生。

张一博，宁夏作家协会会员、宁夏文艺评论家协会会员、中国少数民族文学学会会员，现为山东师范大学文学院现当代文学专业博士研究生。

后记

感觉这些年太忙了，也劳累、辛苦、疲惫，为生计、为读书、为写作，经常熬夜，作息颠倒，运动少，伏案多，时光在个人和社会的"加速度"中无声无息地过去了，两鬓染霜，青春不复，才意识到儿时梦想就在咫尺，但已经没有多少时间用来写作，紧迫感立马而至。

每个人会在不同的年龄段调整自己的当下目标，想尽办法以最优的策略实现。在我们这个年纪，上有老下有小，许多现实问题横亘眼前，但儿时的文学梦想，无关功利，扎根在心底，不时会浮现出来。这大概是工具理性和价值理性的冲突。工具理性多为具体目标考虑，应服务于价值理性。可事实上，有多少人，疲于眼前事务，精于当下利益，离最初的目标渐行渐远了。我觉得，一味屈从于现实，会丧失自己原有的目标。

小学时，作文在十几所小学评选中获奖，只觉得不可思议，为什么自己能获奖呢，那篇作文有那么好吗？便开始暗自揣摩自己写作文的优点了。到中学时，常常在全校作文赛事中获奖，创作的梦想开始生根发芽。当年关系很好的高中女同学，有一次散步中，说她的梦想是当一名作家。我吃惊于她那么大胆地表达出来。如今，时过境迁，那位女同学说早就不写了，相夫教子，生活中有许多棘手的事要处理。写作，对她这样带两个孩子还要工作的西北女性而言，是多么奢侈的一件事，多么艰难的一件事，哪有时间和精力？

从大学正式发表作品到现在，已经过去二十多年了。年终盘点的时候，我总会计算一番，今年写了几篇，发了几篇，有没有特别好的作品。很多时候，黯然伤神一番，本可以写得更多或更好，但因各种情状，就写成了如今这个样子。寄希望于明年，想必有佳作诞生。可明年复明年，拖成现在的写作状态了。每年会有几篇文字面世，能领到几笔与文友聚餐的稿费，可总觉得有所缺憾。熟悉的人，知道你是个写作者，在朋友圈里的文字下面点个赞；不熟悉的人，听说你还写小说，就不免奇怪，这么大年纪还写小说啊！甚至有人觉得吃力不讨好，耗尽心血在电脑前敲敲打打，几个月下来，为一篇小说，几乎把自己弄魔障了，好不容易发表出来，又没几个人读，图了个什么？

在我看来，文学是个梦，对热爱者而言，估计没有梦醒的时候。文学的世界那么广阔和丰富，徜徉其间做梦，自然是一件好事。不断写，一方面从中获得乐趣，哪怕有时会陷入噩梦一样的创作阵痛中，可完成后成就感满满；另一方面，至少确定，自己还站在文学梦想的坐标里。限于天赋、阅历、毅力等，虽然离优秀作家差得不是一星半点，但完全搁笔，抛开儿时梦想，肯定是做不到的。再说了，抽出一个下午或晚上，阅读完一本好小说，内心充盈的喜悦，认知上的启发，体味到的人生况味、不同活法，几乎要爆发出来，这种感觉难以言表，却不得不说，作家们真的很伟大，带着读者走进大不一样的虚拟世界。很想找个人酣畅淋漓地交流一番，或者找个僻静的地方，在习习凉风中独自思索一阵。

兴趣加自我赋予的使命感，在文学路上，目前为止，我已经出版过一部长篇小说，还有一部小说集，因为是市场化运作，给稿费或免费，出版时不好多提要求，具体流程没有参与，样书拿到手后，发现错误不少。朋友们读完，把错误给我一一画出来，赧颜汗下。近些年，发表了不少中短篇小说，敝帚自珍，一直想让它们结集出现在文学爱好者面前。能有机会出版，自然是一件美事。于是毛遂自荐，有了这本小说集。

感谢阳光出版社，给我莫大的支持和鼓励。人生路上，亲人之外，遇见过那么多同学、师长、领导、朋友、老乡、陌生人等，拉过推过提携过，每一次的帮助与鼓励，成就了今天的自己。想起来，要感谢的人特别多。有些话，默默藏于心间，尽量用实际行动来表达。当然，我更感谢这样一个时代，为我这样的农家子弟的成长，提供了太多的机会。多年来，我的小说基本上围绕现实生活和时代变迁来叙写，内核一直是温暖的、感动的、寄希望的。文章合为时而著，我知道，我会继续写下去，抒写时代，描摹人心，也表达自己的一点点认知。

这些天，银川的秋天已经来了，校园里，落叶散落在阔大平展的草坪上，色彩—金黄—浓绿，两种情态却有机搭配，在落日余晖中显现出哲学的意味。远处的贺兰山巍然屹立，静默不语，对渺小如芥子的人类，似乎在启发着什么。眺望远山，近观眼前，我桌子上有八十多篇学生交上来的作文，大多取名为《塞上的秋》，写秋天的景象和塞上的风光，以赞美居多，不少文采翩然，生机盎然。赞叹学生才思之际，想到自己出的这本小说集，欣喜之余，不免思索起，下一篇该写什么，如何写，才会更好。